산속의 가을 저녁 山居秋暝

빈산, 새로 내린 비막 갠 뒤
날 저물자 가을이 깊어졌다
밝은 달 쇼나무 사이로 비치고
맑은 샘물은 돌 위로 흐른다
대나무 숲 시끄럽게 하는 아낙네들 돌아가고
연꽃 요동치게 고깃배가 내려가네
봄날의 향기로운 꽃 없어진들 어떠리
은자만 절로 머물만 한 것을

空山新雨後　天氣晚來秋　明月松間照　清泉石上流
竹暄歸浣女　蓮動下漁丹　隨意春芳歇　王孫自可留

劍仙之路

검선지로

Fantastic Oriental Heroes

검선지로 5

사우 新무협 판타지소설

초판 1쇄 찍은 날 § 2006년 1월 20일
초판 1쇄 펴낸 날 § 2006년 1월 31일

지은이 § 사우
펴낸이 § 서경석

편집장 § 문혜영
편집책임 § 서지현
편집 § 이재권

펴낸곳 § 도서출판 청어람
등록번호 § 제1081-1-89호
등록일자 § 1999. 5. 31
어람번호 § 제2-0809호

주소 § 경기도 부천시 원미구 심곡1동 350-1 남성B/D 3F (우) 420-011
전화 § 032-656-4452 팩스 § 032-656-4453
http://www.chungeoram.com
E-mail § eoram99@chollian.net

ISBN 89-5831-941-0 04810
ISBN 89-5831-681-0 (SET)

사우 新무협 판타지 소설

검선지로

Fantastic Oriental Heroes

5

劍仙之路

장강쟁패(長江爭霸)

도서출판 책과람

목차

第39章

소림으로

제39장

사천성 서남쪽에 자리잡고 있는 아미의 산세는 험준하면서도 수려하다.

북으로는 성도 평원이 펼쳐져 있고 남으로는 민강(岷江)과 길게 이어져 있으니 가히 청성산과 함께 사천 이대명산이라 하기에 부족함이 없다.

"아미금정(峨嵋金頂)이라······."

가파른 절벽.

날아다니는 새가 아니라면 도저히 올라갈 수 없는 그런 암벽 위에 한 인영이 금정봉의 경치를 내려다보고 있었다.

곤륜의 신검(神劍).

이것이 그 인영을 가리키는 말이었다.

"곤륜산도 이처럼 눈으로 뒤덮여 있을 테지."

연운비는 온통 새하얀 풍경을 보며 조용히 눈을 감고 곤륜의 절경을 떠올렸다.

사시사철 눈으로 뒤덮여 있는 봉우리들.

그래서 곤륜의 눈을 만년설(萬年雪)이라 부른다.

겨우내 내린 눈은 산 언저리부터 녹기 시작하여 여름이 되면 중턱까지 새 생명이 싹튼다.

그렇게 녹은 눈은 남동쪽으로 흘러가며 하늘로 통하는 강이라 하여 통천하(通天河)라는 이름을 얻어, 사천을 적시고 장강으로 합류하여 황해로 흘러 나간다.

그리운 곳. 지금도 동문 사형제들과 사숙, 사백님들이 자신을 기다리고 있을 것이리라.

그러나 마음이 닿아 있는 곳은 스승인 운산 도인의 넋이 머물고 있는 기련산 천운봉(天雲峯)이었다.

'나는 무엇 때문에 강호로 나왔던가?'

단지 사제들에게 스승님의 입적 사실을 알리기 위해 산을 내려왔을 뿐이었다.

그러나 뜻하지 않게 귀상을 알게 되어 운남으로 향하게 되었고, 그러면서 알게 된 사람들…….

'인연이라…….'

허리에 찬 매화검과 여러 기인들에게 받은 가르침들.

한때는 어찌하여 그분들이 자신에게 그런 호의를 베풀며 기대를 가졌는지 이해가 가지 않은 적도 있었다.

'나는 참으로 이기적이었구나.'

세상에 대한 관심. 그저 그들만의 일이거니 하고 생각했다.

운남으로 향한 것도 사제인 유이명의 안위를 위해서였고, 팔황이 발호하였을 때도 가장 먼저 걱정이 된 것은 두 사제와 청해성 끝 언저리에 있는 사문인 곤륜파였다.

휘이이잉―

한차례 강한 돌풍이 주위를 몰아쳤다. 그러나 연운비의 신형은 조금의 흔들림도 없이 굳건했다.

연운비는 이제는 무척이나 익숙해진 매화검을 들었다.

우우웅―

검을 드는 것만으로도 검명이 울려 퍼진다.

검과 하나가 된 느낌.

아직은 희미했지만 그 느낌이 조금 더 확실해지는 순간 또 다른 경지에 올라서게 될 것이리라.

'소림으로 갈 것이다. 그것이 지금까지 내가 받은 것들을 갚기 위해서가 아니다. 이것은 내 의지이고, 조금이나마 도움이 되겠다는 나의 뜻이다.'

연운비는 품 안에서 부적을 꺼내 들었다.

부적의 색은 여전히 짙은 잿빛이었다.

기이하게도 그렇게 수많은 혈투를 치르는 와중에도 부적은 피 한 방울도 묻어 있지 않았고, 물속에서 오래 잠겨 있었음에도 여전히 처음과 같은 색이었다.

'무악……'

지금쯤 어떤 경지에 올랐을까?

"네 사제 말이더냐? 글쎄다… 도로는 천하에서 상대할 자가 몇 없겠지. 허허, 너무 조급해하지 말거라. 너 역시 언젠가는 그런 경지에 올라설 터이니……."

곤륜산에 머물 당시에는 알지 못했던 둘째 사제의 무공. 이제 그것은 연운비에게 또 다른 부담을 주고 있었다.

"후으읍."

연운비는 깊게 숨을 들이쉬었다.

아미의 맑은 공기가 폐부 깊숙한 곳을 훑고 지나갔다.

온몸이 상쾌해지는 느낌. 연운비는 자신도 모르게 태청신공을 운기했다.

'두려워할 필요는 없다. 무공이 강하다고 해서 대사형은 아니다. 필요할 때 옆에 있어 주는 것. 그것이 내가 대사형으로 해줄 수 있는 최선이 아니겠는가.'

태청신공을 운기하자 이상하게도 마음이 편해졌다.

그렇게 연운비가 한 번의 대주천을 마치고 자리에서 일어나는 순간이었다.

"사형."

저 멀리에서 유이명이 튀어나온 곳을 밟으며 암벽을 올라오고 있는 것이 보였다.

"왔구나."

연운비는 환한 미소를 지으며 유이명을 반겨주었다.

"아직 초겨울인데 눈이 왔군요."

"그렇더구나."

금정봉이 높다 하지만 초겨울부터 눈이 내리는 경우는 흔치 않았다.

사천의 기후가 대개 그러했다. 겨울의 중반에 들어서도 추운 날은 그다지 많지 않았다. 그러나 또 기이하게도 추운 날은 집 밖으로 나다니지도 못할 정도로 추웠다.

"한데 어쩐 일로 부르셨습니까?"

"그저 오랜만에 너와 검을 섞고 싶어 불렀다."

"사형⋯⋯?"

유이명이 의아해하는 표정으로 연운비를 바라보았다.

아무리 아미파의 사찰들이 대부분 불에 타버렸다고는 하지만 수련을 할 만한 공간은 있었고, 구태여 그런 목적이라면 이곳으로 부를 이유가 없었다.

"경치가 좋지 않으냐?"

"예?"

"이곳의 경치가 좋다고 했다. 마치 곤륜처럼⋯⋯."

"아⋯⋯."

그제야 유이명은 어째서 연운비가 이런 곳으로 자신을 불러내었는지 그 이유를 알 수 있었다.

"눈 속에서 펼치는 비무라⋯ 실로 운치가 있겠구나."

"곤륜에서 눈밭을 뒹굴던 때가 엊그제인 것 같습니다."

유이명이 옛 기억을 떠올리며 아련한 표정을 지었다.

"그때가 그리우냐?"

"그립습니다. 사형은 그렇지 않습니까?"

"나는 그립지 않다."

"⋯⋯."

유이명이 조금은 뜻밖이라는 표정으로 연운비를 바라보았다.

응당 연운비 역시 그때를 그리워할 것이라 생각했기에 그 의문은 더했다.

"너와 내가 이렇게 서로를 바라보고 있을 수 있다는 것만으로도 충분하다."

"사형……."

유이명은 조용히 연운비의 두 눈을 바라보았다.

언제나 그랬다.

낯선 곳에 끌려와 모든 것이 어색했을 때에도, 뜻하지 않게 맺어진 인연으로 인해 산을 내려가게 될 때에도 사형인 연운비는 한결같은 모습만을 보여주었다.

"내가 기분에 취해 쓸데없는 소리를 하였다."

연운비는 쓴웃음을 흘리며 말을 이었다.

"태청검법이 구성을 바라보고 있더구나."

"운이 좋았습니다."

"녀석."

"부상은 어떠십니까?"

"이미 다 나았다. 그렇지 않으면 어찌 광검(光劍)이라 불리는 전위대주와 겨룰 생각을 하였겠느냐? 하하하!"

연운비가 오랜만에 시원한 대소를 터뜨렸다.

"별말씀을 다 하십니다."

"저곳이 좋겠다."

연운비는 팔을 들어 한곳을 가리켰다.

다른 곳과는 달리 그곳은 눈도 적게 쌓였을 뿐더러 무척 평평해 비무를 하기에는 그만인 장소였다.

휘릭ㅡ!

연운비가 먼저 몸을 날렸다.

한 마리의 비조처럼 연운비의 신형은 허공에서 한 바퀴 회전을 한 뒤 암벽의 중간 지점을 밟으며 절벽을 타고 내려갔다.

경사가 가파르다지만 밟을 곳이 있어 절벽을 내려가는 데 큰 어려움이 있는 것은 아니었다. 연운비가 몸을 날리자 유이명 역시 이내 신법을 펼쳐 그 뒤를 따랐다.

스르르룽ㅡ

검을 먼저 빼든 것은 유이명이었다.

"가르침을 받겠습니다."

"오너라."

연운비가 기세를 끌어올리자 무형의 기운이 유이명을 압박해 들어갔다.

의기상인(意氣傷人)의 경지.

그것은 아미산에서 마하륵대라마가 보여주었던 것과 흡사하면서도 또한 달랐다.

'혹… 이 정도란 말인가?'

유이명의 얼굴이 굳어졌다.

무형의 기운이 부드러우면서도 전신을 움직이지 못하게 그물처럼 사방에서 조여오고 있었다.

포달랍궁의 대라마를 패퇴시킨 사실로 미루어보아 무공에 발전이 있을 거라 짐작했지만 이것은 그 정도를 넘어서고 있었다.

쐐애애액ㅡ!

유이명은 검을 뻗었다.

쩌쩡!

기파가 검을 타고 뻗어나갔다. 횡을 그리던 검은 어느 한 시점을 기점으로 급격히 빨라졌다. 가히 광검이라는 호칭에 부끄럽지 않은 공격이었다.

그러나 연운비는 단순히 검을 세우는 것만으로 유이명의 공격을 차단하며 검세를 그대로 흐트러뜨렸다.

압도적인 무력.

존재하는 것만으로도 상대에게 위협감을 줄 수 있다. 이것이 벽을 넘어선 무인의 모습이었다.

"파하!"

공격이 무위로 돌아갔다고 해서 위축될 유이명이 아니다.

전위대주라 함은 단순히 무공이 고강하다고 해서 되는 것이 아니라 그에 걸맞는 패기와 자존심이 있어야 지킬 수 있는 자리였다.

유이명이 기세를 올리며 공격에 박차를 가했다.

콰콰쾅!

두 사형제가 만들어내는 기파가 금정봉 전체를 뒤흔들었다.

한없이 부드러우면서도 때로는 폭풍처럼 몰아치는 초식들. 가히 용호상박(龍虎相搏)의 대결이 아닐 수 없다.

일각 정도가 흐르자 두 사형제는 본격적으로 자신의 절초를 펼치기 시작했다.

파릇! 파르르릇!

유이명의 검끝이 흔들리며 무수한 변화를 빚어냈다.

곤륜의 비기라 할 수 있는 태청검법의 기수식을 펼칠 때 보이는 현상이었다.

태청검법(太淸劍法)은 불과 백여 년 전까지만 해도 장문인에게만 전해오는 비전 중의 비전이었다.

그런 태청검법이 당금에 와서 일대제자에게까지 전파된 이유는 당시 검선(劍仙)으로까지 추앙받던 태성 진인(太星眞人)이 말년에 태청검법과 운룡대팔식을 바탕으로 한 운룡십삼검(雲龍十三劍)을 창안해 냈기 때문이다.

이후 곤륜에서는 운룡십삼검과 조화를 이루는 태청귀원일기공(太淸歸元一氣功)를 만들어내 구파의 말석에 불과하던 곤륜의 위치를 다시한 번 끌어올렸다.

그렇다고 해서 태청검법이 운룡십삼검에 크게 처지는가 하면, 그것또한 아니었다.

단지 운룡십삼검을 익히기 위해서는 태청검법과 운룡대팔식을 일정경지 이상 익혀야 했고, 장문인의 권위를 인정하기 위해 일종의 제약을두었을 뿐이다.

쏴쏴쏴쏴쏵!

검기가 회오리를 치며 여러 갈래로 나뉘어 연운비의 전신 요혈을 노리고 쇄도해 갔다.

그것은 현단휘편(玄壇揮鞭)의 초식으로 태청검법이 팔성이 넘어야지만 펼칠 수 있는 초식이었다.

"훌륭하다!"

연운비는 크게 감탄성을 터뜨렸다.

태청신공과 가장 잘 어울리는 것이 바로 태청검법, 그 위력에 있어서만큼은 분명 상청무상검도를 능가하고 있었다.

쩌저저저정—!

그러나 위력이 능가한다고 해서 우위를 점할 수 있는 것은 아니다.

검법에는 수많은 종류가 있고 태청검법이 상청무상검도를 앞서는 부분도 있었지만 그렇지 않은 부분도 있었다.

자연의 기세를 담은 일검이 몰아쳤다.

천리무애(千里無碍)!

다섯 개의 검기가 흔적도 없이 사라졌다.

아니, 설령 그 몇 배의 검기가 쇄도했다 한들 엄밀한 검막을 뚫기는 부족했을 것이리라.

쇄악─!

그 순간 하단에서 또 하나의 검기가 빛살처럼 솟아올랐다.

연운비가 생사를 넘으며 깨달음을 얻었다면 유이명 역시 고된 수련과 사대각존과의 싸움으로 한 단계 발전해 있는 상태.

더욱이 경험 면에 있어서는 수많은 전투를 치른 유이명이 분명 앞서 있었다.

촤아아아악!

검기가 상의 하단을 스치고 지나갔다. 자칫 잘못했으면 상처를 입을 수도 있는 상황이었다.

'이런.'

유이명의 신형이 순간적으로 멈칫거렸다.

어디까지나 이것은 서로의 실력을 알아보고자 하는 것이었지 생사를 결하고자 하는 비무가 아니었다.

막을 수 있을 것이라 생각하고 검초를 펼친 것인데 그러지 못했다. 그것은 이번 유이명의 공격이 그만큼 예상 밖이었다는 것을 의미하고 있었다.

그 순간 연운비의 검기가 견정혈을 노리고 빠르게 쇄도했다.

웅혼하면서도 신랄한 기세를 담고 있는 그것은 단설참(斷雪斬)의 초식이었다.

"큭."

설마 그 상황에서 반격을 할 것이라고는 생각하지 못한 유이명이 급히 신형을 뒤로 물렸지만 검초를 피하지 못하고 옷자락이 길게 갈라졌다.

"설마 내가 그 정도의 공격에 부상을 당할 것이라 생각했더냐!"

연운비가 질책하듯 말했다.

그것은 최선을 다하라는 의미였고, 유이명의 승부욕을 자극하는 말이기도 했다.

아무리 사제 관계라 한들 무인인 이상 호승심이 없을 리는 없다.

더욱이 최근 일, 이 개월 동안 피나는 수련으로 내심 강해졌다 자부하는 유이명이었다.

"내공을 구성까지 올려서 해보자."

구성이라 함은 실전에서도 내력의 배분을 생각해 자제하는 정도의 내공.

당문에 머물 당시 내공을 팔성까지 사용해 비무한 적이 있다지만 팔성과 구성은 실로 천치차이라 할 수 있었다.

"내가 알기에 태청검법의 묘는 쉴 새 없이 상대를 몰아치며 승기를 잡는 것이다. 한데 너에게서는 그런 공격이 느껴지지 않는구나."

"최선을 다하겠습니다."

구성의 내공을 사용하라는 말은 초식도 그에 맞추어 사용하라는 의미. 유이명의 표정이 진중하게 변했다.

"가겠습니다!"

파르르르—!

검기가 휘날리며 연운비의 허리를 베어왔다. 지극히 단조로운 초식이었지만 검기는 연운비의 몸에 가까워지자 세 개로 나뉘며 어깨와 허리 허벅지를 노리고 쇄도했다.

현단휘편의 초식과 비슷했지만 그와는 전혀 다른 삼단분세(三段分勢)의 초식을 운용한 것이었다.

탕! 탕! 탕!

세 번의 부딪침, 그리고 이어지는 노도와 같은 충격파.

변화는 끝이 없고 환상과도 같은 검파의 물결이 천지로 뻗어가니 이것이 바로 진정한 태청검법의 위력이다.

곤륜의 무공은 웅장함을 근간으로 하되, 그 세맥은 널리 퍼져 있으니 무슨 검을 택하던 그것이 바로 곤륜의 검이다.

"힘이 더 실려야 한다."

연운비는 그런 유이명의 파상적인 공격을 제자리에서 모두 받아내었다.

쐐애애액!

방어만 하던 연운비의 움직임이 급변했다.

쩌저정—

검명과 함께 울려 퍼지는 진동파.

비폭유천(飛瀑流泉)의 초식에서 검망밀밀(劍網密密)로 이어지는 검의 움직임.

이것이 바로 자연을 닮고자 하는 상청무상검도이다.

채채챙!

유이명은 검을 무려 아홉 번을 휘두른 후에야 사방에서 조여오는 수많은 검기들을 막아낼 수 있었다.

막아는 내었다지만 소모된 진기를 생각한다면 막아도 막은 것이 아니었다.

"분합(分合)! 좋다. 그렇다면 이것은 어떻게 막아내나 보겠다."

연운비는 검을 일자로 뻗었다.

일자결(一字決).

지극히 간단한 초식이지만 내공의 우위가 뒷받침된다면 상대하기가 무척이나 까다로운 초식이기도 하였다.

'힘으로는 무리다. 그렇다면……!'

유이명은 급히 한 걸음 뒤로 물러나며 반원으로 검을 휘둘렀다.

두전성이(斗轉星移)의 초식으로 이화접목과 비슷한 원리로 상대의 힘을 빌어 상대를 치는 공격이었다.

"상대의 힘을 빌린다. 좋은 방법이다. 그러나 곤륜의 무공은……."

연운비는 그 초식을 보며 일갈을 내질렀다.

"당당함을 그 근간으로 삼는다!"

초식을 운용하는 것도 좋았지만 절정의 벽을 허물어뜨리기 위해서는 그것만 가지고는 부족했다.

기본을 아는 것.

그것이 최절정의 경지에 이르는 가장 중요한 길이었다.

콰콰콰콰쾅—

한 번의 커다란 파도를 밀어내자 더 큰 파도가 몰아쳤다.

우당탕!

파도에 휩쓸린 유이명의 신형이 볼품없이 나가떨어졌다.

"천하도도(天下滔滔)! 너는 이 뜻을 알고 있느냐?"

"안다 자부할 수 없습니다."

나가떨어진 유이명이 간신히 자리에서 일어났다. 어느새 입에서는 두 줄기 선혈이 흘러내리고 있었다.

"나의 무공은 자연을 벗 삼아 지내고 자연을 닮고자 하는 무공이다. 너의 검법은 어떠한 검법이더냐?"

그것은 연운비가 걸어왔던 길. 심검(心劍)의 묘리를 설명하고 있었다.

연운비의 말이 이어졌다.

"검을 들어라."

"다시 한 번 가르침을 청합니다."

비틀거리면서도 검을 쥔 손만큼은 흔들림이 없었다.

'나의 검은 무엇을 위한 검이었나? 나의 검법은 무슨 길을 가기 위한 검법이었나?'

연운비가 던진 화두.

그것은 벽을 마주하고 있던 유이명에게 더욱 높은 벽을 보여주고 있었다.

피리리릿—

검끝의 일렁임과 함께 거센 검기가 쇄도했다.

쾌속하면서도 장중한 기세를 담고 있는 그것은 태청검법의 한 초식이었지만 지극히 평범한 초식인 태산압정(泰山壓頂)과도 무척이나 흡사해 보였다.

곤륜의 웅장함이 검초에 녹아 있다.

그토록 높아 보였던 벽이 어느 순간을 기점으로 뻗으면 손에 닿을

듯 내려와 있었다.

'나의 검법은… 세상을 내려다보고자 하는 검법이다.'

천하제일검(天下第一劍)이 되고자 했던 목표.

단 한시도 그 목표를 잊은 적이 없었건만 어느새 그의 몸은 현실에 안주하려 하고 있었다.

이제는 다시 그 목표를 이루고자 할 때였다.

종전과는 다르게 일 검 일 검에는 힘이 실려 있다.

'녀석.'

화라라라락!

검세는 빠르면서도 유하고 부드럽다.

연운비의 얼굴에 뿌듯한 감정이 스치고 지나갔다. 실로 비약적인 발전이 아닐 수 없다.

배움이 그 빛을 발하는 것은 그것을 받아들이는 사람이 있을 때의 이야기라고 하였는가?

천고(千古)의 기재.

운산 도인조차 인정하였던 기재가 유이명이다. 실제로 약관의 나이에 태청검법을 오성까지 익혀 일대제자 중에서는 적수를 찾아볼 수 없었다.

캉! 카카카캉!

충돌음이 변했다.

경쾌한 소리에서 둔탁함으로의 전환. 그것은 어느 한쪽도 우위를 점하지 못했을 때에 일어나는 소리였다.

'이 정도라니……?'

한 차례 충돌 후 몇 걸음을 물러선 연운비의 안색이 변했다. 실질적인 교전이 있은 후 처음으로 물러서는 것이었다.

생각했던 것 이상의 충격.

그만큼 유이명의 검세에 담긴 내력이 만만치 않았다.

'어찌해야 하는가?'

너무 대비를 하지 않았다.

심검의 묘리(妙理)를 어느 정도나마 설명하려 했을 뿐인데, 유이명은 그 자리에서 그 묘리를 이해하고 발전하려 하고 있다.

깨달음이 찾아오는 것은 실로 극히 짧은 한순간. 유이명에게는 바로 지금이 그 한순간인 것이다. 위험하다고 해서 이대로 비무를 끝내기에는 너무 아쉬운 상황이었다.

'내가 대사형으로 사제들에게 해준 것이 무엇이던가. 지금 내가 물러난다면 이 비무를 시작한 것은 무엇 때문이었나……'

검을 움켜쥔 연운비의 손에 힘이 들어갔다.

"이것밖에 되지 않았더냐!"

싸늘한 일갈.

한심하다는 듯한 연운비의 목소리에 유이명이 전신의 내력을 극한까지 끌어올렸다.

"어허허헝!"

사자후와 함께 유이명의 검에서는 한 치가 넘는 검기가 솟구쳐 올라왔다.

그와 동시에 노도와 같이 몰아치던 검기들이 어느 한 시점을 기준으로 유기적으로 선회하며 바람과 같이 몰아쳤다.

연환혈풍(連環血風)!

태풍은 희미한 바람에서부터 시작된다.

그것은 태청검법이 구성에 이르러서야 펼칠 수 있는 초식이었고, 지극히 강맹한 공격초식이기도 하였다.

'훌륭하다.'

탄식을 내지르고 싶었지만 그럴 틈이 없었다.

전력을 다한다 할지라도 막아내기 힘들 정도의 공격.

수비에 치중하느라 내공의 소모가 많았던 것도 하나의 원인이라 할 수 있겠지만 그보다는 검세에 실린 힘이 그만큼 강했다.

받아들여야 한다.

부딪친다면 두 사람 중 하나는 큰 중상을 면치 못하리라.

'오너라.'

연운비는 검을 휘둘렀다.

지극히 수비적인 검세. 그 검세에는 연운비의 전신 내력이 깃들어 있었다.

콰콰콰쾅!

우레와 같은 충돌음과 함께 연운비의 신형이 끊어진 실처럼 나가떨어졌다.

전신의 내력을 모두 끌어올렸음에도 유이명의 노도와 같은 검격을 막아내지 못한 것이다.

"쿨럭……."

연운비의 입에서 검붉은 선혈이 뿜어져 나왔다.

오장육부가 뒤틀린 듯 몸을 가누는 것조차 쉽지 않았다. 그러나 그런 부상 속에서도 연운비의 눈은 유이명을 바라보고 있었다.

"녀석……."

"사형!"

스르륵 쓰러져 가는 연운비를 붙잡기 위해 유이명이 들고 있던 검까지 던져 버리며 몸을 날렸다.

'이제는… 네가 곤륜의 검이다.'

그렇게 달려오는 유이명을 보며 연운비는 천천히 정신을 잃어갔다.

까악—!

괴조가 연운비가 머물고 있는 전각 위를 날아다니며 울어댔다.

"미물 따위가……."

그 모습을 보고 있던 유이명은 눈살을 찌푸리며 주위에 있던 돌을 들어 허공에 뿌렸다.

기함절벽들. 험난한 산세 촉산(蜀山)이라 불리는 아미산에는 영수도 있었지만 이름 모를 괴조나 독충들도 많았다.

새벽녘 해가 뜨기 전 울면서 날아다니는 새는 흉조(凶兆)를 의미하는 경우가 많다고 한다.

미신이나 다름없는 이야기였지만 유이명으로서는 연운비가 머무는 전각에 괴조가 날아다니는 것을 원치 않았다.

까으악—

괴조는 크게 놀라 급히 방향을 틀어 어디론가로 날아갔다.

"휴……."

유이명의 입에서 나직한 한숨이 흘러나왔다.

부상이 심상치 않음인가?

벌써 삼 일이라는 시간이 흘렀건만 연운비는 좀처럼 부상에서 회복하지 못했다.

연환혈풍(連環血風).

희미한 바람에서부터 시작된 태풍이 되어 거세게 몰아쳤고, 부딪치지 않은 검기는 그대로 연운비의 전신을 격타했다.

"도도하다라……."

유이명은 애매한 표정으로 들고 있는 검을 바라보았다.

"당당함을 그 근간으로 삼는다."

곤륜의 무인임을 항상 자랑스럽게 생각하는 지극히 사형다운 말이었다.

절정을 넘어 최절정에 이르는 길.

그것은 험난한 가시밭과도 같았다. 만 명 중 천 명이 절정의 경지에 이른다면 그 천 명 중 최절정의 경지에 이르는 사람은 기십 명에 지나지 않았다.

최절정의 경지를 넘어 귀일(歸一)이나 무경(武境)의 경지에 이르게 되면 천하에 명성을 떨치며 호사가들 사이에서 언급되며 강호에서 다른 이들과 다른 대접을 받았다.

현 강호에도 그런 무인들이 있다.

이패, 삼검, 오왕.

천하를 아우르는 무인들.

어쩌면 그들이 있기에 중원무림이 지금껏 팔황과 싸울 수 있었는지도 몰랐다.

물론 무경의 경지에 이른 무인들, 그들이 전부는 아니었다.

중원은 넓었고, 기인이사는 무수히 많았다.

당장 소림과 무당만 하더라도 드러내지 않고 있을 뿐이지, 그 정도의 고수는 존재하고 있으리라.

"그깟 무공이 무슨 대수라고……."

유이명은 회한이 깃든 표정으로 검을 내려다보았다.

설사 연운비가 그런 목적에서 비무를 하자고 하였을 줄은 생각지 못했다.

조금이라도 눈치를 챘다면 절대로 비무에 응하지 않았을 것이다.

그저 사형제끼리 옛 추억을 떠올리며 검을 섞는 정도로 알았고, 그것이 전부라 생각했다. 그러나 비무를 하면서 강도는 점점 강해져 갔고, 비무에 심취해 있던 유이명은 그것을 눈치채지 못했다.

쇄아악—!

유이명은 검을 휘둘렀다.

검에서는 이전과는 다른 빛이 났다. 그것은 검에 마음을 담은 사람만이 뿜어낼 수 있는 빛이었다.

심검(心劍).

벽을 무너뜨리며 이루어낸 경지.

유이명이 그 경지를 이룰 수 있었던 것은 그 자신의 노력도 있었지만 연운비의 도움이 없었다면 불가능했을 일이다.

"하아……."

시간이 너무 지체되고 있었다.

아직 사천의 상황은 좋다고만 할 수 없는 상황이었고, 지금 전위대같은 전력이 아미산에 묶여 있을 수는 없었다.

떠나기 전 연운비가 일어나는 모습을 보고 싶었지만 사정이 여의치 않다면 그전에라도 떠나야 한다. 그것이 전위대를 맞고 있는 유이명의 책임이기도 했다.

"어떻게 되었습니까?"

마침 의원이 전각에서 나오는 모습을 본 유이명이 급히 다가가 물었다.

"아미타불, 정신을 차렸네. 워낙 피로가 쌓여 있던 모양일세. 그렇지 않았다면 그 정도의 부상에 이때껏 일어나지 못했을 리 없지. 내공이 심후해 내상약을 먹고 운기에 들어갔으니 곧 자리에서 일어날 걸세."

"그렇군요."

유이명의 입에서 안도의 한숨이 흘러나왔다.

매은 신니라면 이전부터 의술로 널리 알려져 있었으니 틀린 말을 하지는 않을 것이리라.

"사형, 들어가도 되겠습니까?"

어느 정도 시간이 흘렀다고 느낀 유이명은 걸음을 옮겨 방문을 두드렸다.

"어서 오너라."

연운비는 환하게 웃는 모습으로 유이명을 맞았다.

"몸은 좀 어떠십니까?"

"아무렇지도 않다."

연운비가 담담한 표정으로 대꾸했다.

"어찌 그리 무모한 행동을 하셨습니까?"

유이명이 차마 연운비의 얼굴을 보지 못하고 말했다.

모든 것이 자신을 위해서였다는 사실을 알면서도 밀려드는 것은 서운한 감정이었다.

그깟 무공이 무엇이라고…….

최절정의 경지에 이르지 못하면 어떻단 말인가? 중요한 것은 함께 있다는 사실이 아니었던가.

"내 몸은 지금 멀쩡하고, 너와 나는 지금 이렇게 마주보고 있다. 그것이면 족하지 않느냐?"

연운비는 미소를 머금은 채 유이명의 어깨를 한 차례 두드렸다.

"저는……."

"나는 곧 소림으로 떠날 생각이다."

"사형?"

무엇인가 말을 하려던 유이명이 표정이 굳어졌다.

아무리 생각해도 연운비가 소림으로 가야 할 이유는 없었다. 더욱이 지금쯤이면 마곡이 하남에 공격을 시작했을 것이다. 서장 연합의 힘이 강성하다지만 마곡이나 만해도에 비하면 크게 처지는 것이 사실이었다. 아무리 소림이나 무당이라 한들 어려운 처지인 것은 마찬가지였다.

"소림에는 어째서……."

"해야 할 일이 있다. 그전에 들를 곳도 있고."

연운비는 무거운 표정으로 대답했다.

오늘따라 유난히도 무겁게 느껴지는 허리에 찬 매화검. 이제 그 매화검을 주인에게 돌려줘야 할 시간이었다.

"낭인왕 악 대협께서 이곳에 남기로 하셨다. 큰 도움이 될 것이다."

"언제 다시 뵐 수 있겠습니까?"

"녀석… 네가 내 가슴에 있거늘 보고, 보지 못하고가 무슨 의미가 있다는 말이냐."

"사형……."

유이명이 격정을 참지 못하고 연운비를 부둥켜안았다.

"언제고 같이 스승님이 계신 곳에 같이 가도록 하자."

저 어디에 있을 기련산을 떠올리며 연운비는 끌어안은 유이명의 등을 한 차례 두드려 주었다.

"부디 조심하십시오."

연운비가 떠나는 날, 많이 이들이 아미산 자락까지 배웅을 나왔다.

그중에는 단옥령과 삼살 호리파도 있었고, 도움을 받은 아미파의 수많은 여승들도 있었다.

"걱정하지 말아라. 내 한 몸 정도는 능히 지킬 수 있음이니."

연운비는 미소를 지으며 고개를 돌려 유사하를 바라보았다.

무슨 생각을 하는지 유사하는 연운비가 바라보고 있음에도 깊은 생각에 잠겨 있었다.

"아미타불, 이것은 혹시나 해서 본 문에서 여비로 드리는 것입니다. 사양치 마시고 받아주십시오."

아미파에서는 장로인 매음 신니가 직접 나와 연운비를 환송했다.

아무리 명성을 얻었다지만 일대제자를 배웅하는데 장로가 나온다는 것은 웬만해서는 있을 수 없는 일이었다.

그것은 그만큼 이번 일에 대해 아미파가 연운비에게 고맙게 생각한다는 뜻이기도 했다.

"감사히 받겠습니다."

조그만 보따리 안에 들은 아미파의 성의를 알았기에 연운비는 그것을 거절하지 않았다.

"연 대협, 부디 보중하시오."

점창파 장문인 조철산이 뜨거운 눈빛으로 연운비를 바라보았다.

홀로 외진 산에서 살아온 조철산에게 연운비는 사람이란 무엇인지를 보여주었다.

점창의 비전이 무엇이 그리 중요했던가.

막이랑이 어째서 연운비를 위해 목숨을 걸었는지, 다른 사람들이 일말의 주저함도 없이 그 의견에 동의했는지를 이제야 그 이유를 느낄 수 있었다.

"저도 함께 가겠어요."

그 순간 고개를 숙인 채 생각에 잠겨 있던 유사하가 처음으로 입을 열었다.

"유 소저?"

연운비가 놀란 눈빛으로 유사하를 바라보았다.

"짐이 되지는 않을 거예요."

"그런 것이 아니라……."

"저도 본 문의 상황을 알고 싶어요."

유사하가 강한 결의를 보이며 말했다.

보타암은 아무리 팔황이라 하더라도 함부로 건드릴 수 없는 곳이다. 싸움에서 이기는 것도 중요하지만 그보다 더욱 중요한 것은 민심을 잃지 않는 것이다.

소림과 보타암은 비슷하면서도 다르다.

만해도가 구태여 보타암을 공격하지 않고 묶어두고만 있는 것도 분란거리를 만들지 않기 위해서였다.

"휴… 알겠습니다."

웬만해서는 저런 모습을 보이지 않는 유사하였다. 연운비가 어쩔 수 없다는 표정으로 승낙했다.

"아미타불, 그럼 살펴 가십시오."

"조심하세요."

"가보겠습니다."

연운비는 배웅을 나온 모든 이들에게 공손히 인사를 건넨 뒤 유사하와 함께 걸음을 옮겼다.

유이명을 비롯하여 몇몇 사람들은 안타까운 마음을 금치 못해 관도가 나올 때까지 따라왔다.

"이제 모두 그만 돌아가십시오. 이명아, 너도 그만 가보도록 하거라."

"사형……."

유이명은 미련이 남는지 차마 발걸음을 돌리지 못했다.

"제수씨에게 안부 전하는 걸 잊지 말거라."

"휴… 그러겠습니다."

"언제고 다시 볼 때, 그때도 네가 이렇게 건강하였으면 좋겠다."

연운비는 억지로 유이명의 등을 떠민 후, 유사하와 함께 저기 어딘가에 있을 소림을 향해 천천히 걸음을 옮겼다.

오늘따라 유난히도 따스한 햇살이 그들이 가는 길을 비춰주었다.

*   *   *

화산(華山).

그 높이가 사만 척이 넘고, 넓이가 삼백 리에 달하니 오악 중 서악(西

嶽)이라 불린다.

중원천지(中原天地)를 통틀어 이보다 험준하면서 수려한 산이 있을 수 있을까?

화산의 서쪽에 위치한 연화봉.

그곳에는 구파일방 중 하나인 명문대파 화산파(華山派)의 본관이 자리잡고 있다.

도가에 뿌리를 둔 문파로서 구파일방 중 하나이자, 종남과 함께 섬서(陝西)를 양분하고 있으며, 그 세력을 산서와 하남 일부에까지 뻗치고 있는 거대 문파.

화산검파(華山劍派)라 불릴 정도로 검공에 조예가 깊으니 가히 오대검파 중 수좌라 하기에 부족함이 없다.

화산파 본관이 자리잡고 있는 연화봉에서 조금 멀리 떨어져 있는 낙화곡(落花谷).

바스락바스락—

지금 그곳에는 한 인영이 말라가는 낙엽들 사이를 휘저으며 약초를 캐고 있었다.

"하하하, 오늘은 월척이구나."

인영의 이름은 막중명. 정식 도명은 목우(木雨), 그러나 화산 사람들은 흔히 그를 낙척도인이라 불렀다.

나이가 불혹이 다 되어감에도 평제자라는 신분도 그렇지만, 그보다는 웬만해서는 연무관에 발을 들이지 않는 이유 때문이었다.

기이한 것은 그런 그에게 화산에서 도명을 내렸다는 사실이었다.

화산 본산제자가 되는 것은 그렇게까지 어렵지 않았지만 정식으로 도명을 받는 것은 무척이나 어려웠다. 장로들의 재가가 있어야 할 뿐만 아니라, 무공이 매우 뛰어나든 그것도 아니면 도리에 달통해야 했다.

그렇다고 해서 평제자에 불과한 막중명이 무공이 뛰어난 것도 아니오, 입문할 때부터 도리와는 담을 쌓고 지냈으니 화산 제자들이 막중명을 바라보는 시선은 그다지 좋지 못했다.

그런 이유 때문인지 막중명은 정식으로 도명을 받았음에도 스스로 사용하지 않았다.

실제로 막중명의 스승이라 할 수 있는 화산검성(華山劍星) 청운 진인이 아니었다면 무엇 하나 뛰어난 것이 없는 막중명이 도명을 받지 못했을 것이라 생각하는 이가 대다수였다.

"여기도 있고, 저기도 있고."

막중명은 더할 나위 없이 즐거운 표정으로 낙엽 더미 사이에 파묻혀 있는 약초들을 캤다.

검보다는 호미가 잘 어울리는 도인. 그것이 바로 낙척도인이라 불리는 막중명이었다.

"약당에서 좋아하겠군."

막중명은 큼지막한 보따리를 가득 채운 후에야 허리를 폈다.

약당(藥堂).

화산에 입문하게 되고 평제자 이상의 신분이 되면 누구나 한 가지 이상의 일을 해야 했다. 단지 유일한 예외가 있다면 매화검수(梅花劍手)들이었다.

"호오, 이것은 그렇게 몸에 좋다는 운지버섯이 아닌가?"

막중명은 한편에 묻혀 있는 운지버섯을 캐며 입맛을 다셨다.

운지버섯은 몸에도 좋지만 불에 구워 먹으면 독특한 향기를 풍겨 더

할 나위 없이 그만이다. 화산에서는 쉽게 찾아볼 수 없는 것으로 귀한 약재로도 사용되었다.

"이건 약당에 양보할 수 없지. 흐흐."

막중명은 마른 나뭇가지 두 개를 비며 모닥불을 피웠다. 많은 양은 아니었지만 혼자 먹기에는 부족함이 없었다.

그렇게 막중명이 버섯을 전부 해치우고 돌아가기 위해 주위를 정돈하던 순간 저편에서 누군가가 헐레벌떡 뛰어왔다.

"막 사형!"

"기아로구나."

청년의 이름은 단목기. 얼마 전 속가제자에서 본산제자로 뽑힌 기재 중의 기재였다.

단지 유일한 단점이 있다면 성품이 너무 여리다는 것이다. 그것만 아니었다면 장로의 직전제자가 될 수 있었음에도 그러지 못하여 아직 백목당(白目堂)에 머물러 있었다.

"찾느냐고 한참 걸렸어요."

"하하, 녀석."

더없이 싱그러운 웃음소리와 향기가 묻어나올 것만 같은 미소. 조금은 평범해 보였던 인상이 확연히 달라졌다.

신장은 그렇게 크지 않았지만 화산과 무인답게 균형 잡힌 단단한 체구가 시야에 들어왔다.

"막 사형의 미소는 언제 보아도 보기 좋아요."

"별소리를 다 하는구나. 그보다 네가 여긴 어쩐 일이냐?"

"사백님께서 찾으십니다."

"나를?"

"그렇습니다."

"흐응… 무슨 일일까?"

막중명이 고개를 갸웃거렸다.

단목기가 정식으로 배사지례를 갖춘 것은 아니라고는 하지만 약왕 당주인 청파 진인이 내심 물망에 두며 무공과 약학을 가르치고 있었다.

청파 진인의 사형이라면 당대 화산파 장문인 청현 진인과 화산검성이라고 불리는 청운 진인밖에 없으니 둘 중 한 명이 불렀다는 것인데 청현 진인이 불렀다면 장문인이라는 표현을 썼지 사백이라는 표현을 쓰지 않았을 터이다.

결국 막중명을 찾은 것은 웬만해선 처소에서 나올 생각을 하지 않는 청운 진인이라는 것이다.

'대막혈랑대와 빙궁이 침공했다고 하더니… 그것 때문일까?'

막중명은 고개를 저었다.

이미 검을 손에서 놓은 지 칠 년.

그 감각을 회복하기 위해서는 두세 달 정도는 수련에 몰두해야 한다. 빙궁과 대막혈랑대가 남하한 것이 한 달이 넘어가니 필요했다면 진작 불렀을 것이리라.

더욱이 화산의 세력은 구파 중 가히 으뜸이라 속가제자까지 합친다면 소림이라 할지라도 따라오지 못했다. 삼십 년 전에 있었던 암천회(暗天會)의 난에서 큰 피해를 입은 무당 역시 그것은 마찬가지였다. 종남과 산서성 문파들이 돕고 있다고 하지만 지금껏 팔황 중 무려 두 곳을 큰 피해 없이 막아내고 있다는 것은 그만큼 화산의 세력이 강하다는 것을 의미했다.

'가보면 알겠지.'

그렇게 막중명은 생각을 정리하고 단목기를 따라 연화봉으로 향했다.

"들어가도 되겠습니까?"

막중명은 스승인 청운 진인이 머물고 있는 백류(白柳)를 찾았다. 연화봉 한구석에 마련되어 있는 백류는 눈이 오면 버드나무들이 하얗게 변한다 하여 지어진 이름이었다.

"들어오너라."

다소 무뚝뚝한 음성이 처소 안에서 들려왔다.

'여전하시군.'

막중명은 쓴웃음을 머금었다.

목소리에서 느껴지는 차가운 말투는 아직 청운 진인이 자신을 용서하지 않고 있다는 것을 의미하고 있었다.

막중명은 등을 돌리고 있는 노도인을 향해 정중히 절을 하였다.

반백의 머리를 한 노도인이 바로 화산제일검이라 불리는 청운 진인이다. 반백의 머리와는 달리 신형을 돌린 청운 진인의 얼굴은 주름 하나 없이 팽팽했다.

"무슨 일로 부르셨는지요?"

"사부가 제자를 부르는 데에도 이유가 필요하더냐?"

"그것이 아니라……."

막중명은 급히 고개를 숙이며 잘못을 청했다. 괜한 트집을 잡혀 청운 진인과 얼굴을 붉힐 이유는 없었다.

'한데 왜 방 안에서 향(香) 내음이…….'

막중명은 고개를 숙이며 코끝으로 밀려드는 향 내음을 맡으며 의문을 가졌다.

비록 화산이 도문이라고는 하지만 청운 진인은 오로지 무공에만 몰두하였기에 웬만해서는 향을 피울 일이 없었다.

"받거라."

"이것이 무엇입니까?"

막중명은 매화수실을 던져 주는 스승을 향해 질문을 던졌다.

매화수실은 화산파에서 오직 매화검수만 검에 달 자격이 있는 물건이었다.

"이걸 왜 저에게……."

"네 사제가 남긴 유품이다."

"그, 그게 무슨 말씀이십니까?"

스승의 앞이라는 것도 잊어버린 채 막중명의 목소리가 커졌다.

"네 동생이 남긴 유품이라 하였다."

"그, 그럴 수가……."

막중명이 믿어지지 않는다는 표정으로 멍하니 매화수실을 바라보았다.

그렇게 얼마만큼의 시간이 지났을까?

툭… 툭…

막중명의 눈에서 큼지막한 눈물이 떨어져 내렸다.

"네가… 네가……."

막중명은 말을 잇지 못했다.

유일한 피붙이라고 할 수 있는 하나뿐인 동생.

떠나오면서 차마 마음이 놓이질 않아 결국 화산을 내려가 직접 사문으로 데려왔다.

그것 때문에 이런저런 말도 많았지만 결국 막이랑은 뛰어난 재능으로 매화검수로 뽑히며 청운 진인의 눈에 들어 두 번째 제자가 되었다.

'네가 이렇게 죽다니……'

막중명은 으스러져라 매화수실을 움켜쥐었다.

"하하. 형, 이번 비무대회에서는 반드시 우승을 해서 청하 사매에게 고백할 겁니다."

유난히 여자 앞에서만 서면 목소리가 죽어드는 동생. 그런 동생을 위해 몇 번이고 속가제자인 선청하와 자리를 마련해 주었건만, 그때마다 막이랑은 제대로 말 한 번 붙이지 못했다.

"시신은… 어디에 있습니까?"

"회수하지 못했다 한다."

"종남은… 종남은 무엇을 했다 합니까!"

막중명의 전신에서 기파가 뿜어져 나왔다.

우우웅―!

초막을 날려 보낼 정도의 엄청난 기파.

세상을 속이고 있었는가?

이것은 결코 평제자가 보여줄 수 있는 수준이 아니다. 화산파의 장로라 한들 이 정도는 아닐 것이리라.

"시신을 찾으러 가겠습니다."

"네가 갈 때쯤이라면 이미 썩어 문드러졌을 것이다."

"그래도 가겠습니다."

운남이라는 적지였지만 막중명에게 그런 사실 따위는 아무런 문제가 되지 않았다.

중요한 것은 하나뿐인 동생이 무덤조차 없이 그 넋을 위로받지 못한 채 외로이 자신을 기다리고 있다는 사실이었다.

"한심한 놈! 네 사제가 그것을 바란다고 생각하느냐!"

청운 진인의 호통이 터져 나왔다.

가히 주변을 압도하는 기세.

천하삼검(天下三劍) 중 검성(劍星)이라고까지 불리는 무인의 기세였다.

청운 진인의 기세가 막중명의 전신을 압박했다.

그러나 놀랍게도 막중명은 조금의 미동조차 없이 묵묵히 청운 진인을 바라볼 뿐이었다.

'놈……'

일순간 청운 진인의 눈에 탄식이 어렸다. 그 눈빛에는 진한 아쉬움과 원망스러운 감정이 담겨 있었다.

"무인답게 싸웠다고 한다."

"목숨보다 중요한 것은 없습니다."

"고집불통 같은 놈… 곤륜의 일대제자가 무덤은 만들어주었다고 하니 네 녀석이 굳이 갈 필요가 없을 것이다."

"사실입니까?"

감히 스승인 청운 진인에게 이런 질문을 한다는 것 자체가 불경이라고 할 수 있지만 그것은 그만큼 막중명의 심경이 평소와는 달리 평정심을 잃고 있다는 것을 의미했다.

"급전으로 보내온 사천의 상황과 함께 쓰여 있더구나."

"크흑……."

한두 방울씩 떨어져 내려던 눈물이 마침내 폭포수처럼 흘러내렸다.

'녀석아… 천하제일검이 되겠다 하지 않았더냐!'

무엇 때문에 검을 손에서 놓았던가?

그것은 잘해주지 못했던 동생의 유일한 꿈을 빼앗지 않기 위해서가 아니었던가?

그러나 천하제일검이 되겠다던 동생은 차가운 시체가 되어 운남 어딘가에 외로이 묻혀 있었다.

"이제는 어쩔 생각이냐?"

"모르겠습니다."

"여전히 검을 잡을 생각은 없느냐?"

"……."

막중명은 대답을 하지 못했다.

"네 검이다."

청운 진인은 처소 한편에 놓아둔 막중명의 검을 건네주었다.

'아직도 가지고 계셨던가?'

막중명은 검을 바라보며 눈을 감았다.

더 이상 검법을 연마하지 않겠다고 하였을 때 불같이 노하던 청운 진인의 표정이 떠올랐다.

기대가 컸으니 실망 또한 크기 마련이라.

그 이후 청운 진인은 막이랑을 가리키는 것도 등한시한 채 웬만해서는 백류를 떠나지 않았다.

"마음이 생기거든 보름 안에 나를 찾아오너라. 그 이후라면 나 역시 화산을 떠나 있을 터이니… 그전에 결정을 내리거라."

"제 검은 화산의 정도를 따르지 아니합니다."

굳건히 닫혀 있던 막중명의 입이 열렸다.

"놈⋯⋯!"

청운 진인의 표정이 변했다.

막중명의 무위는 구태여 검이 필요치 않은 경지.

검을 놓았다고 해서 수련을 하지 않았을 것이라고는 생각지 않았다. 그러나 새로운 길을 개척할 정도라고는 생각지 못했다.

"어느 정도이냐?"

"매화의 향기조차 기억이 나질 않습니다."

"허허⋯⋯."

청운 진인의 입에서 탄식이 흘러나왔다.

"구태여 나를 찾을 필요가 없겠구나. 나는 이 길로 산을 내려갈 것이다. 어디든 좋다. 검을 다시 잡을 생각이 있다면 팔황과 맞서 싸우거라. 그것이 네 사제가 진정으로 원하는 일일지어니⋯⋯."

청운 진인은 마지막 말을 끝으로 자리에서 일어나 횅하니 떠나갔다.

그곳에는 덩그러니 놓여 있는 검 한 자루만이 있었다.

펄럭—

막중명은 떨리는 손으로 품 안에 있는 동생이 마지막 보내온 전서를 꺼냈다. 이미 수십 차례 양피지가 닳도록 읽어본 전서였다.

형, 이번에 비무대회에서 곤륜파의 연운비라는 소협을 알게 되었습니다. 비무에서 제가 패하기는 했지만, 더할 나위 없이 멋진 사람이지요. 이번에 연 소협을 따라 운남에 가기로 결심했습니다. 무공은 떨어질지 모르겠지만 화산의 무인답게 그 기개를 보여줄 생각입니다. 조금만 기다리십시오. 곧 제

명성이 천하를 울릴 터이니. 하하하!

'화산의 무인답게라… 결국 너는 꿈을 이루었구나.'

누구보다 화산의 무인임을 자랑스러워했고, 그 기개를 드높이고자 물불을 가리지 않았던 동생.

'이제 이 못난 형이 네가 못다 한 꿈을 이루어주마.'

막중명의 손이 천천히 검 손잡이로 향했다.

그것은 잠자고 있던 화산의 풍룡(風龍)이 깨어나는 순간이었고, 후일 북검(北劍)이라 불리는 화산제일검이 탄생하는 순간이었다.

第40章

신화 속의 무인들은
마침내 그 모습을 드러내고

제40장

합비(合肥).

안휘성의 성도로 북으로는 회하(淮河)가 흐르는 화북평원이 자리잡고 있고, 남으로는 장강이 흐르니 절강성 항주(杭州)와 함께 문물의 집산지라 할 수 있다.

더욱이 오대호수(五大湖水) 중 하나인 소호(巢湖)가 지척에 있어 소주나 항주만큼은 아니라 하지만 수 많은 향락 시설이 곳곳에 퍼져 있었다.

"이렇게 와주셔서 감사합니다."

"허허. 가주께서 별말씀을 다하시는구려. 진작에 왔어야 하는 것인데 그러지 못해 미안할 뿐이네."

하북팽가(河北彭家)의 원로 중 한 명인 팽무웅이 도착하자 남궁세가에서는 가주인 남궁운이 직접 나와 함께 도착한 팽가의 무인들을 환대했다.

조금 늦었다고도 할 수 있겠지만, 팽가가 쉬이 움직이지 못한 데에는 그럴 만한 이유가 있었다.

마곡의 주력 병력이 어디 있는지 모른다는 것이 그 결정적인 이유였다.

산동과 강소를 무너뜨린 마곡은 안휘 남부를 공격하는 한편 하북 남부에 대한 공격도 감행했다.

그 병력은 많지 않았지만 철갑대를 이용한 기동적인 공격이었기에 주력 병력의 위치를 간파하지 못한 것이다.

아무리 하북팽가가 군부와 밀접한 관련이 있고 북경에 위치하여 적의 공격에 어느 정도 안전하다고는 하지만 하북에 위치한 다른 문파들까지 그런 것은 아니었다.

종주(宗主) 격인 하북팽가가 적을 상대하러 나오지 않는다면 신망을 잃게 될 터이고 그렇게 되면 하북에서 패자로 군림할 수도 없었다.

"어르신, 오랜만입니다."

"황보 가주도 계셨구려."

산동이 마곡의 수중에 떨어지고 본거지를 잃은 황보세가와 악가는 어쩔 수 없이 모든 병력을 하남과 안휘로 물렸다.

"악 가주는 어찌하고 있다 합니까?"

"개방과 함께 개봉(開封)에서 주둔하고 있더군."

"이럴 것이 아니라 안으로 들어가시지요."

남궁세가주 남궁운은 팽가에서 도착한 삼백오십여 명의 무인을 둘러보며 안으로 안내했다.

팽가에서는 본가 무인 삼백여 명을 비롯해 팽가의 최정예라는 오호단혼대(五虎斷魂隊) 무인 오십여 명을 보내와 남궁세가에 모인 이들의 마음을 흡족하게 했다.

"하남의 상황은 어떻습니까?"
속소를 배정받은 후 팽무웅은 곧장 회의실로 향했다. 그곳에서는 이미 각 문파의 수뇌진들이 팽무웅을 기다리고 있었다.
"아직 별다른 교전은 없네. 마곡에서 하남에 대한 공격은 자제하는 중인 듯싶더군."
"안휘부터 손에 넣겠다는 뜻이겠지요."
마곡과는 철천지원수라 해도 과언이 아닌 황보명군이 이를 갈며 말을 이었다.
"대체 소림과 마곡은 무얼 하고 있는지 모르겠습니다. 아니, 그 속을 알 수 없는 마도의 무리는 그렇다고 쳐도 어째서 소림은 움직이지 않고 있는 것입니까?"
"흠……."
팽무웅이 한숨을 내쉬었다.
그로서도 어째서 소림이 침묵하고 있는 것인지 그 이유에 대해서는 알지 못했다.
개봉에서 만난 개방의 방주 철심협개(鐵心俠丐)는 무엇인가 알고 있는 눈치였지만 말하기를 꺼려 하는 눈치였다.
'대체 소림과 개방은 무슨 생각을 하고 있는가?'
태산북두라는 이름이 괜히 붙은 것이 아니었다.
그 세가 가장 큰 화산이라 할지라도 감히 소림과 비교할 수는 없었다. 강북무림이 이토록 연전연패를 거듭하고 있는 데에는 소림이 침묵하고 있는 것이 가장 큰 이유였다.

"이유가 있을 테지."

팽무웅은 당금 강호에서 가장 높다고 할 수 있는 금정 신니와 같은 배분으로 천하를 통틀어도 팽무웅과 비슷한 배분의 무인은 몇 되지 않았다.

각 세가의 가주들이 팽무웅에게 말을 함부로 하지 못하는 것은 그런 이유에서였다.

"휴, 답답할 뿐입니다. 무당은 만해도로 인하여 함부로 움직일 수 없고, 섬서는 빙궁과 대막혈랑대의 공격을 막아내기에 급급하니……."

"이번에 사천에서 대승을 거두었다고 합니다."

"그래 보았자 여력이 없기는 그들 역시 마찬가지일 것일세. 더욱이 아미파가 본사를 제외하고는 나머지 사찰들이 전소되었다고 하지 않은가?"

"운남에서 병력이 돌아오면……."

"실제 돌아올 병력은 그다지 많지 않을 걸세. 어차피 대부분이 사천의 무인들 아니겠는가?"

회의는 지지부진하기 그지없었다.

물길이 만해도의 수중에 들어가면서 장강이남과 이북으로 분리되자 지원군의 도움을 받을 길이 없었다.

십팔도궁 역시 마땅한 방법이 없기에 병력을 광서 최북단인 전주(全州)에 모아놓고 대기할 뿐이었다.

"답답하군요."

"섬서는 어떻다고 하던가?"

"화산과 종남을 위시해서 적지 않은 문파들이 전력을 쏟아 붓고 있어 아직은 문제가 없을 것 같습니다. 아마도 그쪽은 장기전 양상으로 흐를 것 같습니다."

"장기전이라… 민초들의 피해가 클 터인데……."

빙궁이라면 몰라도 대막혈랑대의 흉포함은 백여 년 전 팔황의 난 당시 너무나도 잘 알려진 것이었다.

그들은 무림인들뿐 만아니라 일반 백성들에게도 혈겁을 자행해, 오죽하면 가능한 강호인들과 마찰을 꺼리는 관부에서조차 나섰을 정도였겠는가?

"어쩔 수 있겠습니까?"

"보타암은 고립되고, 절강, 복건에는 힘있는 문파가 없고, 십팔도궁은 움직일 방법이 없으니… 팔황, 그들을 움직이는 군사가 누구인지 감탄스러울 뿐입니다."

남궁운은 적이지만 이런 계획을 세운 상대 군사에 대해 감탄하지 않을 수 없었다.

산동을 무너뜨려 경각심을 준 덕분에 하북은 병력을 다른 곳으로 돌릴 수 없고, 그 기회를 노려 안휘 남부를 수중에 넣으며 파상적인 공세를 감행했다.

"가장 두려운 것은 만해도의 병력이 하선하여 전투를 벌이는 것일세. 그들의 수가 수부들을 제외하고도 물경 일만을 헤아린다고 하니 막막할 따름일세."

"물 위에서라면 모를까 육지에서 그들이 힘을 발휘할 수 있겠습니까?"

"수로맹을 무시하지 말게. 십팔채의 채주들은 대부분이 최절정의 경지는 아니더라도 그에 근접한 무공을 지니고 있는 자들일세. 더욱이

수로맹주를 비롯하여 원로인 마수신의(魔手神醫) 유문백, 동정어옹(洞
庭漁翁) 허곤은 나조차 감당할 수 없는 무인들일세."

"설마 그렇기야 하겠습니까?"

황보세가의 원로 중 한 명인 황보단이 말했다.

팽무웅이라면 팽가에서 세 손가락 안에 드는 고수라 할 수 있었고,
이 자리에서도 각 세가의 가주를 제외한다면 그보다 강한 무인은 없었
다.

그런 팽무웅이 아무리 수뇌들이라고 하지만 일개 수적들에게 밀린
다는 것은 상상할 수 없는 일이었다.

"십여 년 전, 우연한 기회에 나는 동정어옹 허곤을 만난 적이 있었
네. 당시 허곤은 홍택호(洪澤湖)의 수적들을 병탄하러 온 것인데 내가
본 허곤의 무위는 나보다 떨어지는 것이 아니었네. 더욱이 허곤의 옆
에 있던 그 도객은……"

팽무웅이 한 차례 몸서리를 치며 말을 이었다.

"적어도 내가 본 그 도객의 무위는 오왕에 버금가는 것이었네."

"팽 원로님?"

남궁운이 크게 놀라며 자리에서 일어났다.

지금 팽무웅의 발언은 지극히 위험한 것이었다. 팽무웅의 말이 사실
이라면 수로맹은 그런 무인이 있음에도 만해도에게 무너졌다는 것이
고, 그것은 만해도의 전력이 지금까지 생각했던 것과는 비교도 되지 않
는다는 사실을 의미했다.

만약 남궁세가에 오왕에 필적하는 무공을 지닌 무인이 있었다면 마
곡에게 그렇게 쉽게 안휘 남부를 넘겨주지 않았을 것이리라.

"사실일세. 귀사망량(鬼邪罔兩). 자네들은 직접 보지 않았기에 그들

의 무위를 모르겠지만 당시 나는 우연치 않게 귀사망량이라 불리는 수
적들과 그 도객의 싸움을 지켜보았었네. 그 도객은 단신으로 개개인이
일류고수라 할 수 있는 수십의 귀사망량을 쓰러뜨렸고, 심지어 귀사망
량을 토벌하러 온 창왕 벽리극과도 싸움을 했었네."

"그 싸움은 어떻게 되었습니까?"

"그것까지는 모르겠네. 당시 그 도객의 나이를 보아서는 아무래도
창왕 벽리극의 상대가 되기 힘들었을 테지. 하지만 십 년이 지난 지금
누구도 두 사람 중 누가 강하다고 장담할 수 없을 것일세."

장내에 적막감이 감돌았다.

창왕(槍王) 벽리극.

그가 누구이던가?

암왕 당문표가 함께 정파인으로서 하나의 신화를 일구어낸 무인이
었다.

더욱이 벽리극은 권왕 위지악이나 낭인왕 악구패처럼 거대 세가나
문파의 무인이 아니라 복건 무이산(武夷山) 부근에 위치한 은성보(銀城
堡)라는 작은 방파 소속 무인으로 정파 무인들이 그에게 가지는 경외감
은 삼검을 능가할 정도였다.

"만해도의 전력을 처음부터 다시 생각해야겠군요."

남궁운이 굳은 표정으로 말했다.

"그건 아닙니다."

그 순간 방문이 열리며 누군가가 회의실로 들어왔다.

"군사!"

다소 무례하다고 할 수 있는 행동에 인상을 찌푸리던 남궁운이 반색
을 하며 자리에서 일어나 들어온 이를 맞이했다. 장년인은 다름 아닌

지다성(知多星) 제갈헌이었다.

"너무 늦은 건 아닌지 모르겠습니다."

"하하. 무슨 말씀을 그리하시오. 지금도 충분하오."

남궁운이 대소를 터뜨리며 제갈운을 자리로 안내했다.

공명의 맥을 이은 자. 신기제갈이라고까지 불리는 제갈헌의 가세는 더없는 호재였다.

"운남에서 돌아왔다는 소식은 들었소."

"본 가에 몇 가지 진을 설치하느라 시간이 지체되었습니다."

"허허, 어서 오시게나."

팽무웅도 제갈헌을 반갑게 맞이했다.

"호북의 상황은 어떠한가?"

"아직 무협(巫峽)에서 수로맹이 버텨주고 있어 만해도의 병력이 의창 밖으로는 활동하지 못하고 있습니다."

"듣던 중 반가운 소식이로군. 한데 만해도의 전력을 다시 생각해 볼 필요가 없다는 것은 무슨 이야기인가?"

"오왕 정도의 무인이 있다고 한들, 평지와 달리 물 위에서 개인이 할 수 있는 일에는 한계가 있기 마련입니다."

"흠……."

"수전에서는 최절정고수 한두 명보다는 절정고수 대여섯 명의 전력이 더 도움되지요."

"그렇구만."

"물론 만해도에도 팽 어르신이 말씀하신 그 도객을 상대할 정도의 무인은 있을 것입니다. 백여 년 전에도 마곡, 포달랍궁 다음으로 강한 무인들을 보유하고 있던 곳이 만해도가 아니었습니까?"

어느새 좌중의 분위기는 제갈헌이 장악하고 있었다.

"그래, 군사께서는 우리가 어떻게 대처해야 한다고 생각하는가?"

"지금 분위기로 봐서는 마곡은 이 전쟁을 오래 끌 생각이 없는 듯합니다."

"그건 또 무슨 소린가?"

"지금껏 곳곳에 흩어져 있던 마곡과 유령문, 묘독문의 주력 병력이 구화산(九華山) 일대와 강소 서주(徐州) 두 곳으로 나뉘어 집결하고 있습니다. 그것은 곧 대대적인 공격이 시작된다는 의미이지요."

"단순히 위협감을 주기 위해서 그런 것일 수도 있지 않겠는가?"

팽무웅이 노강호답게 핵심을 집으며 물었다.

"그럴 가능성도 없는 것은 아니지만, 그럴 가능성은 극히 희박합니다. 산동, 강소, 안휘 일대가 불과 반 년도 되기 전에 그들의 수중에 떨어졌다는 것은 잊어서는 안됩니다."

"허면 장기전으로 갈 생각이 그들에게는 아예 없다는 것인가?"

"그것은 아닙니다. 이 중원 천하를 짧은 시간 안에 모두 공격하는 것은 불가능한 일이지요. 오히려 중장기전으로 끌고 갈 생각을 하겠지요. 그러나 제가 말하고 싶은 것은 적어도 만해도와 수시로 접선할 수 있는 안휘와 절강 일대는 어떻게 해서든 빠른 시일 내에 점령하려 들 것이라는 사실입니다. 그리고 난 후에 차차 영역을 넓혀 가겠지요."

"감히!"

남궁운이 울화를 참지 못하고 탁자를 내려쳤다.

안휘를 목표로 하고 있다는 것은 그만큼 남궁세가를 무시하고 있다는 말이나 마찬가지. 응당 분노가 일지 않을 수 없었다.

검의 명가(名家).

수백 년의 전통과 함께 그 자부심을 가지고 있는 곳. 천하제일가라고 말하는 이도 적지 않을 정도로 남궁세가의 영향력은 다른 세가들과는 확연한 차이가 있었다.

안휘 남부를 수중에 넣은 마곡이 더 이상 진군하지 못하는 것도 남궁세가가 존재하기 때문이었다.

"이 자리에서 분명히 말씀드리겠소. 본 가는 어떠한 경우에도 이곳을 지켜낼 것이며, 피치 못할 경우에도 옥쇄할 것임을 이 자리에서 밝혀두겠소."

검절(劍絶).

오절 중 일인으로 다음 대 천하십대고수가 될 것이라 예상하는 남궁운의 기세가 좌중을 압도했다.

"가주, 진정하시게."

팽무웅이 흥분한 남궁운을 진정시켰다.

"그래, 군사의 의견은 그래서 어떻게 해야 된다는 건가?"

"적들의 공격을 막아내는 데 주력해야 합니다. 내년 여름, 우기가 시작될 때까지만 버틴다면 승산은 저희에게 있습니다."

"그게 무슨 말인가? 그럼 우리더러 쥐새끼처럼 숨어만 있으라는 건가?"

황보세가의 원로 황보단이 인상을 찌푸리며 말했다.

"화산은 이번 전쟁을 적어도 삼 년 정도로 생각하고 있습니다. 적들이 지쳐 물러가기를 기다리겠다는 것이지요."

"화산과 우리는 처한 상황이 다르네."

"알고 있습니다. 그러나 누가 뭐라 하여도 당금 천하에서 소림 다음으로 강한 세력을 구축하고 있는 것이 화산입니다. 거기에 종남과 산서 무림의 지원을 받고도 화산이 그런 생각을 가지고 있다는 것은 그만큼 빙궁과 대막혈랑대의 전력이 만만치 않다는 것이고, 또한 그것이 피해를 최소화하는 길이라는 것으로 판단했다는 사실이지요."

"흠……."

"크음……."

제갈헌은 냉정한 태도를 잃지 않았다.

적의 전력을 파악하는 것도 중요하지만 그보다 더욱 중요한 것은 아군의 전력을 아는 것이다.

지피지기(知彼知己)면 백전백승(百戰百勝)이라는 말은 괜한데서 나온 것이 아니다.

"장기전이라……."

남궁운의 안색이 그다지 좋지 않게 변했다.

장기전으로 흐를 경우, 그렇지 않아도 자금의 압박을 받는 상황에서 모든 물자를 대야 하는 남궁세가의 기반이 위태로워질 수 있었다. 팽가야 자체적으로 해결하겠지만 그렇지 않은 문파들이 대다수였다.

아직 합비야 회남 일대에서 걷어 들이는 돈이 있다지만 그것이 얼마나 갈지는 아무도 모르는 일이었다. 남부를 잃은 것은 분명 남궁세가에 뼈아픈 손실이었다.

"남궁 가주님, 실례가 되지 않는다면 마곡의 주력 병력을 이끌고 있는 수뇌의 무위를 알 수 있겠습니까?"

"일월마군(日月魔君)를 말하는 것인가?"

"그렇습니다."

"음……."

남궁운이 곤란한 표정을 지었다.

"그건 내가 말해주도록 하겠네."

남궁운을 대신해서 발언한 이는 남궁세가의 원로 중 한 명인 창천뇌검(蒼天雷劍) 남궁파였다.

남궁세가에서 다섯 손가락 안에 드는 고수인 남궁파는 황산(黃山)에서 가솔들을 데리고 직접 마곡의 무인들과 치열한 싸움을 벌인 장본인이었다.

"가주께서 내 체면을 생각해서 그러는 것이니 군사가 이해를 해주게."

주위를 둘러본 남궁파가 말을 이었다.

"당시 내가 본 적 수뇌의 무공은 적어도 천하삼검 수준에 필적했네. 굳이 경지를 따지자면 호사가들이 흔히 이야기하는 귀일(歸一)이나 무경(武境)의 경지라 해야 하나?"

"맙소사……."

"무경이라니……."

수뇌진들이 크게 술렁거렸다.

대다수가 믿을 수 없다는 표정이었다. 마곡의 곡주나 무상(武相)이라면 몰라도 그보다 낮은 지위의 무인이 그 정도의 경지에 이르렀다는 것을 믿지 못하는 것이다.

흔히 신검합일(身劍合一)이나, 신창합일(身槍合一)의 경지를 무경이라고 말하곤 한다.

"나와 백쾌당(百快堂) 당주인 이화운이 협공했음에도 패했네. 대답이 되었는가?"

"예."

제갈헌이 머리를 숙이며 대답했다.

백쾌당이라면 안휘 남부 구화산(九華山) 지척에 위치한 문파로 상당한 세력을 자랑했다. 그곳의 당주라면 적어도 남궁파와 비슷한 수준의 고수였다.

 강기를 사용하는 것과 귀일의 경지에 이르는 것은 분명한 차이점이 있었다.

 최절정의 경지를 넘어선 이들은 강기를 사용하는 무인보다는 오히려 귀일의 경지에 이른 무인을 더 높이 평가했다.

 "하면 단독으로는 일월마군이라는 자를 막을 수 없다는 것이로군요."

 "그렇지만은 않네."

 남궁운이 고개를 저으며 말했다.

 "하면……."

 "그렇게만 알아두게. 일월마군은 본 가에서 상대할 수 있네."

 "알겠습니다."

 제갈헌이 눈빛에 섬광이 스치고 지나갔다.

 '상대할 수 있다라…….'

 산동이나 강소와는 다르게 남궁세가는 충분한 준비를 하고 마곡의 병력을 상대했다.

 만약 그 정도의 고수가 있었다면 애초부터 내보내지 않을 리 없었으니, 결론은 당시에는 그 정도 수준의 고수가 없었지만 지금은 있다는 것이었다.

 '누군가 폐관수련을 끝냈다는 것인데… 남궁세가에 삼검에 필적하는 무인이 누가 있을까?'

 제갈헌의 머리가 빠르게 돌아갔다.

남궁운이 말하지 않는다고 해서 그것을 모르는 대로 있으면 이 자리에 제갈헌이 있을 필요가 없다. 어쩌면 남궁운은 이 자리를 빌어 제갈헌을 시험하는 것일 수도 있었다.

그것이 바로 군사라는 자리였다.

"자, 모두 멀리에서 오셔서 피곤하실 터이니, 오늘 회의는 이것으로 마치도록 합시다. 제갈 군사는 따로 나를 보고 가도록 하게나."

"알겠습니다."

제갈헌이 공손히 대답했다.

"수고하셨소."

"그럼 내일 보도록 합시다."

수뇌진들이 하나둘 자리에서 일어났다.

장기전이라는 말이 나온 다음부터 그들의 안색은 지극히 좋지 않았다. 그중에서도 본 가를 내준 황보세가의 무인들은 심란한 마음을 금할 수 없는지 축 처진 어깨로 회의실을 벗어났다.

＊　　　　＊　　　　＊

아미산에서 길을 떠난 연운비와 유사하는 사천과 섬서의 경계를 지나 한중(漢中)에 이르렀다.

"춥지 않으십니까?"

"괜찮아요."

유사하가 옷깃을 여미며 대답했다.

섬서는 저 멀리 대막과 마주한 지역만 아니라면 사시사철이 분명하고 기후가 온화했다.

그러나 이상하게도 이번 섬서에 들어선 이후 날씨가 좋지 않았다. 한파는 계속 몰아쳤고, 마을 사람들은 문을 꽁꽁 걸어 잠갔다.

'그리고 보니 그때도……'

연운비는 사천에 들어와 유사하와 위지악을 처음 만나게 된 당시의 일을 떠올렸다.

당시의 날씨가 이처럼 무척 추웠다.

덕양(德陽)이라는 자그마한 마을.

그곳에서 얽히고설킨 인연이 지금에까지 이르렀다.

'어째서 어르신께서는 아무런 연락이 없는가? 정말 광마와 동귀어진이라도 하셨다는 말인가?'

마음이 불안했다.

위지악의 무공은 분명 광마에 비해 처지는 것이 아니었지만 그렇다고 우위에 있는 것도 아니었다.

승패는 결국 하늘만이 알고 있으리라.

"무슨 생각을 그리 하시나요?"

"아무것도 아닙니다. 그저 권왕 어르신 생각이 나서……"

"너무 걱정하지 마세요. 별일없으실 거예요."

"예."

연운비가 유사하를 안심시키기 위해 웃으며 대답했다.

"이제 곧 한중이군요. 물길을 이용할 수 있었으면 조금 더 빨리 도착할 수 있을 터인데……"

유사하가 조금은 아쉽다는 표정으로 말했다.

사천에서 섬서나 호북으로 가는 물길은 만해도에 의해 완전히 막혀 있었다.

그나마 사천까지는 아직 만해도의 전선들이 침투해 오지 않았지만 그것도 안심할 수만은 없는 상황이었다.

"하긴 어차피 화산에 먼저 들르신다 했으니 그다지 큰 차이는 없었을 것 같네요. 한데 무슨 이유로 화산에 가시는지 물어봐도 될까요?"

유사하는 조심스레 연운비의 표정을 살피며 말했다.

"이 검을 돌려주기 위해서입니다."

"그 검은……."

"막 형의 검입니다."

"아……."

유사하의 입에서 짧은 탄성이 흘러나왔다.

당시 애뇌산에서 죽은 사람들을 묻어주었다는 이야기는 들었지만 검을 가져왔을 것이라고는 생각하지 못했다.

예로부터 죽은 자의 무기는 불길한 기운을 담고 있다 하여 다시 사용하는 것을 극히 꺼려 하는 편이었다.

"그렇군요."

"보타암은 괜찮을 겁니다. 보타 신니께서 계신데 아무리 만해도라고 하여도 넘보지 못하였을 겁니다."

"그러길 바라야지요."

유사하가 힘없는 목소리로 말했다.

팔황 중 그 규모에 있어서는 다른 곳과는 비교도 되지 않는 것이 만해도였다.

수천에 달하는 수로맹이 제대로 힘조차 쓰지 못하고 패퇴한 것은 기습이라는 이점도 있었지만 그보다는 만해도의 힘이 그만큼 강성하다는 것을 의미했다.

보타암이 아무리 남해의 신비문파라고 하지만 만해도에 비할 수는 없었다. 아니, 만해도는커녕 수로맹과 비교하여도 현격히 전력 차가 나는 실정이었다.

"그러고 보니 보타암은 항주와 가깝군요."

"항주요?"

"예."

연운비가 웃으며 말을 이었다.

"예전부터 가보고 싶던 곳이었습니다. 화산, 숭산, 제가 이런 곳을 사제들에게 가고 싶다고 하자, 사제들이 그러더군요. 곤륜이나 그곳이나 그다지 차이는 없을 것이라고. 그러면서 소주나 항주, 서안, 무한 등 여러 곳을 설명해 주었습니다. 듣다 보니 항주도 한 번 정도는 가보고 싶다는 생각이 들더군요."

"호호호."

유사하가 돌연 웃음을 터뜨렸다.

고지식한 모습으로 사제들에게 화산이나 숭산을 가고 싶다고 말하는 연운비의 모습이 머리 속에 떠올랐기 때문이다. 생각만 해도 재미난 모습이었다.

"왜 웃으십니까?"

"아니에요. 한데 항주는 왜… 설마……!"

돌연 유사하의 눈초리가 살짝 올라갔다.

항주하면 생각나는 것이 기녀들과 호화 유람선, 그리고 향락이니 눈초리가 고울 리 없었다.

"둘째 사제가 그러더군요. 항주를 흔히 어미지향(魚米之鄕)의 도시라 한다고. 더욱이 강과 바다의 생선을 모두 구경할 수 있어 보는 즐거움이 더한다 하더군요."

"아……."

유사하의 얼굴이 살짝 붉어졌다.

그런 줄도 모르고 이상한 생각을 했으니 스스로가 부끄러웠던 것이다.

'하긴… 이상한 생각을 할 사람도 아니지.'

유사하는 고개를 설레설레 저으며 연운비를 힐끔 바라보았다.

여전히 연운비는 무표정한 모습으로 걸음을 옮기고 있었고 그 모습을 보는 유사하는 심장이 조금씩 두근거려 옴을 느낄 수 있었다.

'유사하야, 유사하야 또 쓸데없는 생각이구나. 지금은 본 문을 걱정해야 할 시기거늘…….'

유사하는 내심 한숨을 내쉬며 마음을 정리했다. 지금은 감상에 젖어 있을 때가 아니었다.

"이제 곧 한중이군요."

"그러네요. 혹시 연 소협은 한중에 얽힌 고사를 아시나요?"

"고사라 하시면……."

"후한 말 이곳을 놓고 위나라와 촉나라가 전쟁을 치르고 있었지요."

"들어본 적이 있습니다. 예전에 둘째 사제가 그런 이야기를 해준 적이 있습니다. 한중을 가리켜 계륵(鷄肋)이라는 재미난 표현을 썼다 하더군요."

"그러고 보니 연 소협이 들은 이야기들은 대부분이 둘째 사제 분께서 해준 이야기로군요."

"아무래도 강호의 경험이 많으니까요."

연운비는 무악의 얼굴을 떠올렸다.

항상 무표정한 모습에 과묵한 성격 탓에 말수가 적어 변변한 대화조차 나눈 적이 없었다. 그래도 무악 사제의 두 눈을 보면 모든 것을 알 수 있었다.

그것은 모든 것을 홀로 책임지려 하는 사내의 모습이었다.

'나는 지금 강한가?'

강함이란 것은 어디까지나 상대적인 것.

아무런 의미도 없었지만 그래도 물어보고 싶었다. 그래야지 이 불안한 마음이 조금이라도 가라앉을 것 같았다.

"한중에 들어서면 쓸만한 말 두 필을 구입해야 할 것 같습니다."

두 사람이 애초부터 빈 몸으로 사천을 떠나온 것은 아니었다. 성도(成都)에서 말을 구입하여 섬서로 향한 연운비와 유사하는 송박까지는 말을 이용하였고, 그곳에서부터 물길을 이용하여 영강(寧强)에 이르렀다. 한중까지 물길을 이용할 수도 있었겠지만, 군부에서 내린 금지령으로 인해 어쩔 수 없이 하선한 것이다.

"한중에서부터는 수로로 가는 것이 낫지 않을까요? 아직 섬서는 만해도의 전선들이 들어오지 못하였을 텐데요?"

"그럼 그렇게 하지요. 한데 유 소저, 한중에 도착해서 시간이 괜찮으시면 개방 분타에 잠시 들러도 되겠습니까?"

"왜요?"

"알아볼 것이 있어서요."

"연 소협 편한 대로 하세요, 매번 물어보시지 말고요. 어디까지나 이번 여행에서 주관자는 제가 아니잖아요."

"그래도……."

"자, 가요. 한중이 보이기 시작하네요."

유사하는 희미하게 눈에 들어오는 한중 성내를 보며 어깨를 나란히 하고 걸음을 옮겼다.

개방 한중 분타는 웬만해서는 쉽게 찾을 수 없는 곳에 위치해 있었다.

한중 성내에서 가장 후미진 골목으로 들어가다 보면 일종의 전당포라 할 수 있는 가게들이 모여 있는 곳이 있는데 보통 장물을 처리하는 곳이었다. 거기에서 더 후미진 곳으로 가면 바로 개방 한중 분타가 있었다.

"이거 내 눈으로 신검(神劍)을 보게 되다니… 걸걸, 이런 영광이 다 있나."

개방 한중 분타주 철탁개(鐵鐸丐)가 대소를 터뜨리며 연운비를 반겼다.

의기천추(義氣千秋).

비록 그 무공이 아직 삼검에 미치지 못한다 할지라도 천하 검수들의 우상은 더 이상 삼검이 아니라 일협(一俠)이라 불리는 곤륜의 신검이었다.

"별말씀을 다 하십니다. 어찌 제가……."

"걸걸, 일협의 의기야 천하가 다 아는 것이니 너무 겸손한 것도 좋지 않지. 그래, 무슨 이유 때문에 이런 누추한 곳에를 다 찾아왔나?"

연륜은 괜히 쌓이는 것이 아니다.

불과 몇 마디를 나눠보는 것만으로도 철탁개는 연운비에 대한 소문이 과장된 것이 아니라는 사실을 알 수 있었다.

'무림의 홍복이로다.'

일문의 장로, 그것도 개방이라는 정보를 다루는 문파의 장로로서 철탁개는 당금 강호의 암운이 보이는 것만이 다가 아니라는 사실을 알고 있었다.

"몇 가지 물어보고 싶은 것이 있어서입니다."

"흐음… 개인적인 일인가?"

"그렇습니다."

"개인적이라……."

철탁개의 표정이 묘하게 변했다.

한중은 위치상 무척이나 중요했다.

사천과 감숙을 중원의 한복판이라 할 수 있는 하남과 연결시켜 주는 지리적 위치 외에도 수로가 무척이나 발달하여 성도인 서안에 비해서도 오히려 더 많은 인구가 밀집해 살고 있을 정도였다.

개방에서도 한중을 중요하게 생각해 일반적으로 오결 정도 되는 분타주 급 무인이 아니라 칠결인 장로를 직접 보내 한중을 운용할 정도였다.

"나는 생각보다 많은 것을 알고 있네. 만약 자네가 곤륜파 무인이자 일협으로서 정보를 원한다면 가르쳐 줄 수 있지만, 개인적인 이유라면 그러지 못할 수도 있다네."

철탁개는 연운비의 두 눈을 직시하며 말했다.

지금이라도 말을 바꿔 말하라는 조언이었다. 그렇게만 하면 얼마든지 대답을 해주겠다는 뜻이 그 안에 포함되어 있었다.

"이것은……."

연운비라고 해서 그 말에 담긴 뜻을 모를 리 없었다.

"제 개인적인 일입니다. 대답을 듣지 못한다면 그것은 어쩔 수 없는 일이겠지요."

그러나 연운비는 말을 바꾸지 않았다.

곤륜의 무공은 당당함을 그 근간으로 삼는다. 그것은 무공뿐만 아니라 모든 것을 포함하는 말이었다.

"걸걸, 좋네. 말해보게."

철탁개가 고개를 설레설레 내저었다.

내심 연운비가 거절했으면 좋겠다는 생각을 가지고는 있었지만 실제로 그럴 것이라고는 생각하지 못했다.

'곤륜이라…….'

그래도 내심 아쉬운 마음은 금할 길이 없었다.

아무리 철탁개라도 하여도 극비 문서에 대한 정보는 사사로이 개인에게 가르쳐 줄 수 없었다.

연운비가 마음에 드는 것은 사실이었지만 그것이 개방의 규율이고 개방의 법도였다.

"다섯 개의 홈이 파여져 있는 칼을 사용하는 사람이 강호상에 있는지 알고 싶습니다."

"다섯 개의 홈이라……."

철탁개가 조금은 굳어진 표정으로 말을 이었다.

"그걸 왜 묻는가?"

"만나봐야 하기 때문입니다."

"그 칼을 사용하는 사람과 자네와 어떤 관계인지를 물어봐도 되겠나?"

"만나게 되면… 아마도 서로에게 검을 겨누게 될 것 같습니다."

연운비는 솔직하게 자신의 입장을 털어놓았다.

숙부라 생각되는 사람 중 한 사람이 그에게 목숨을 잃었고, 누구보다 넓은 등을 가졌던 아버지 역시 생사를 확인할 길이 없었다.

"그렇구먼……."

철탁개는 턱을 괴며 생각에 잠겼다.

"내가 알기로 현 강호상에 그런 무기를 사용하는 사람은 없네."

"그럴 리가……."

연운비가 믿지 못하겠다는 표정으로 중얼거렸다.

희미한 기억 속에 그자는 분명 다섯 개의 홈이 새겨진 칼을 사용하고 있었고, 지금까지 그것이 사실임을 확신했었다.

"그러나 예전에는 그와 같은 칼을 사용하던 자가 있었다는 사실을 들은 적이 있네."

"예전이라 하시면……."

"아마도 이, 삼십 년 전일 걸세. 지금은 삼존(三尊), 팔객(八客)이라 하지만 그때까지만 하여도 무벌에는 그들을 제외하고도 최절정고수가 두어 명 더 있었네. 그중 한 명이 그런 칼을 사용했다 하더군. 그리고 이제는 멸문되었다고 알려진 백교방(白蛟幇)의 방주도 그와 비슷한 칼을 사용했네."

"백교방이 어느 지방에 있는 문파입니까?"

"아, 자네는 모를 수도 있겠군. 한때 수로맹과 장강을 양분하던 문파일세. 뭐 정확히 말하자면 양분까지라고 할 수는 없겠지만, 그래도 상당한 세력을 자랑하던 문파였지."

"그렇군요……."

무벌에 대해서는 연운비도 어느 정도 알고 있었기에 그에 대한 질문은 하지 않았다.

무벌에서 가장 강한 고수를 꼽으라면 이패 중 일인이자 암중 천하제일인이라 불리는 무광 백리천이 으뜸이오, 그 아래로 삼존과 팔객이 있었다.

"그리고 확인되지 않은 사실이지만……."

한창 말을 하던 철탁개가 주저하며 입을 다물었다.

"어르신……?"

"흠… 이 말을 해야 하는지 모르겠군."

철탁개가 고민에 빠진 표정으로 연운비를 바라보았다.

이것은 말을 해서는 아니 될 사안이었지만 구태여 말을 한다 하여도 문책이 따를 정도는 아니었다.

그렇게 적지 않은 시간을 침묵으로 일관하던 철탁개가 결정을 내렸다는 태도로 입을 열었다.

"사혈련의 련주 역시 조금 특이한 칼을 사용했다 하더군."

"사혈련의 련주라 하시면 사혈맹의……."

"그렇다네. 사혈맹의 전신이지. 지금 사혈련은 만해도와 맞서 싸우고 있네. 만약 사혈련의 련주가 그 칼의 주인이라 하여도 자네는 그와 싸울 것인가?"

"모르겠습니다."

연운비는 대답을 회피했다. 아니, 회피한 것이 아니라 그것이 지금 연운비의 솔직한 심정이었다.

"암운은 자네가 생각하고 있는 것보다 크네. 낭인왕이 뭐라 말을 했는지 모르겠지만 그 말이 사실이라고 봐도 과언이 아닐 걸세."

쿠쿵—

연운비의 심장이 거세게 뛰기 시작했다.

'개방은 알고 있었는가?'

무벌(武閥)의 침묵. 그리고 소림이 좀처럼 움직이지 않으려 하는 이유.

생각해 보니 강호의 모든 정보를 쥐고 있는 개방이 그런 이유에 대해 모를 리 없다.

"무벌은……."

"소림으로 가는 길인가?"

철탁개가 연운비의 말을 자르며 물었다. 그 안에는 더 이상 묻지 말라는 의미도 포함되어 있었다.

"그렇습니다."

"현재 개방은 사천과 절강을 제외하고 장강 이남에서 완전히 철수를 한 상태이네."

"……."

"그 말이 무슨 뜻인지는 굳이 말하지 않아도 상관없을 테지."

"제가 소림으로 가는 이유도 알고 계십니까?"

"얼마 전 개봉(開封)에서 연락이 왔었네. 그 전서구 안에는 자네가 소림으로 가는 이유에 대해 적혀 있었지. 물론 어디까지나 가정이지만 말일세."

"하면 제가 소림으로 가지 않아도 상관이 없는 것입니까?"

"모든 것은 가정일 뿐이라 하지 않았나. 세상은 가정 만으로만 판단할 수 없는 것이지. 모르지. 상황이 어떻게 바뀔 지는… 지금은 자네가 소림으로 가는 것이 나은 듯싶네."

철탁개는 숨겨두었던 골초를 피우며 말을 마쳤다.

"그리고 예전에 부탁드렸던 것이 있습니다. 제 둘째 사제에 대해……."

"아… 들은 적이 있네. 그렇지 않아도 암왕께서 특별히 부탁을 하셔서 인력이 부족한데도 그리로 많은 인원을 돌렸지. 자네가 말한 조건과 부합되는 인물이 세 명 있었네. 한데 문제가 조금 있네."

"문제라 하시면……."

"그 세 명 모두가 정파 세력에 소속되어 있지 않다는 것이네. 물론 그중에 자네 사제가 있을 가능성은 극히 희박하네. 어디까지나 이것은 자네가 말한 무공 수위와 인상착의 등에 근거한 것이니 말일세."

"말씀해 주십시오."

연운비가 조금은 긴장한 표정으로 말했다.

"우선은 사혈련의 부련주일세. 정확히 파악된 것은 아니지만 적월도객(赤月刀客)이라 불리는 그가 자네가 말한 용모와 무척이나 흡사할뿐더러 무공 수준도 비슷하지."

"두 번째는 누구입니까?"

"장강수로맹 제이전선 흑암(黑岩)을 지휘하고 있는 자일세. 그 역시 도를 사용하고 뛰어난 무공을 지니고 있다고 알려져 있지. 그러나 아마도 그는 아닌 듯싶네."

"무슨 이유가 있습니까?"

"최근 밝혀진 사실에 의하면 그의 무공은 오왕에 필적하는 것으로 드러났네."

연운비가 애초 개방 사천 총분타에 의뢰했던 둘째 사제 무악의 수준은 분명 절정의 경지는 넘어섰지만 최절정의 수준은 아니었다. 더욱이 오왕이라면 최절정의 경지를 넘어 모두가 귀일의 수준에 이른 무인들이었다. 차이가 나도 너무 많이 났으니 철탁개가 그렇게 생각하는 것도 무리가 아니었다.

'오왕 수준이라……'

연운비는 생각에 잠겼다.

분명 이전에 알고 있는, 그리고 지금 와서 다시 생각하는 무악 사제의 수준은 오왕만큼은 아니었다. 그러나 만약 당시 무악 사제가 무공을 숨기고 있었다면?

청명검 운산 도인의 무공은 세상이 아는 것과 다르다.

보타암에서 이패를 제외한 삼검, 오왕의 격돌이 있었고, 연운비가 짐작하고 있는 것으로는 당시 세 차례의 비무에서 운산 도인은 단 한 번도 패하지 않았다는 사실이다.

그렇다면 무악 사제의 무공 역시 얼마든지 연운비가 알고 있는 것과 다를 수 있었다.

"세 번째는 누구입니까?"

"암천회의 십장생 중 한 명일세."

"그게 무슨……?"

연운비의 눈이 부릅떠졌다.

암천회라면 이미 삼십여 년 전에 사라진 집단이었다. 그들이 이제 와서 모습을 드러낼 리도 없거니와 설령 당시 십장생 중 한두 명이 우연히 살아 있다 하더라도 무악 사제와는 나이가 맞지 않았다.

무악 사제가 분명 불혹을 넘긴 것은 사실이지만 지천명을 바라보는 것은 아니었다.

"말을 조금 잘못했군. 새로이 등장한 암천회의 십장생 중 한 명일세."

"하면 암천회가 모습을 드러내었다는 것입니까?"

"암천회가 모습을 드러낸 것이 아니라 십장생 중 두 명이 모습을 드러내었다고 하면 되겠지."

"그들에 대해 자세히 알 수 있겠습니까?"

"미안하네. 내가 말할 수 있는 것은 여기까지이네."

철탁개가 심란한 표정으로 고개를 저었다.

암천회에 대한 정보는 극비 중의 극비에 속한다. 개방에서도 이 정도에 대해 알고 있는 이는 다섯이 넘지 않았다. 이 정도만 말해준 것도 어쩌면 질책이 따를 수도 있었다.

'십장생이라…….'

연운비의 마음속에 파문이 일었다.

생사평이라는 말을 들었을 때에도 이 같은 기분이었다. 이상하게도 낯설지 않으면서 친숙한 느낌. 그것은 운명이라는 얽히고설킨 실타래였다.

"마지막 내가 한 말에 대해서는 함구해야 하네."

"십장생에 대해 알고 싶습니다."

"삼십여 년 전에 당시 강호를 활보했던 십장생이라면 말해줄 수 있네."

"나타난 두 명에 대해서는 불가합니까?"

"미안하네."

한 번을 보아도 마음이 가는 사람이 있는 반면 수십, 수백 번을 보아도 마음이 가지 않는 사람이 있다. 적어도 철탁개에게 있어 연운비는 전자에 속해 있었고 마음 같아서는 얼마든지 말해주고 싶었지만 개방의 장로라는 자리가 발목을 붙잡고 있었다.

"이것은 십장생에 대한 기록이네. 자네가 원하는 것을 찾을 수 있으면 좋겠군."

철탁개는 어딘가에서 반으로 잘라진 책자 한 권을 가져왔다.

"이것은……."

"부담스러워할 필요는 없네, 그 당시 강호에 있었던 사람이라면 전부 알고 있는 사실들을 기록한 것이니."

"폐가 되는 일이라면 사양하겠습니다."

개방은 타 문파에게 정보를 구전으로만 건네줄 뿐 이런 식으로 기록을 남기지는 않는다. 아무리 정확한 정보라 할지라도 그것은 마찬가지였다.

"그럴 것 없네. 어차피 많은 사람이 알고 있는 사실들이 대부분이고 고작해야 특급도 아닌 일급 정보 몇 가지만이 적혀 있는 것이니. 몇 가지 답변을 해주지 못한 대신이라고 생각하게."

"하지만……."

"성격이 많이 바뀌었다고 들었는데, 그것도 아닌 것 같군. 만약 바뀌었는데도 이 정도라면 그전에는 아주 볼 만했겠어. 걸걸걸."

철탁개는 대소를 터뜨리며 억지로 연운비의 손에 책자를 쥐어주었다.

"소림에서 본방 총타가 있는 개봉까지는 시간이 그리 오래 걸리지 않네. 시간이 나면 총타를 한 번 찾아가 보게. 하면 조금 더 많은 사실을 알게 될 수도 있을 터이니."

"알겠습니다."

연운비는 고개를 숙이며 철탁개에게 고마움을 표시했다.

"걸걸, 나에게 고마울 것이 무에 있겠나? 그만 가보게. 자네와 동행한 아리따운 소저가 기다리겠네."

철탁개는 연신 고개를 숙이는 연운비의 등을 떠밀며 기분 좋은 미소를 머금었다.

"무슨 이야기를 그리 오래 하셨나요?"

"기다리게 해서 죄송합니다."

"어머, 아니에요. 그냥 무슨 이야기를 하셨는지 궁금해서 물어본 것이지, 늦게 왔다고 그런 것이 아닌데……."

유사하는 손사래를 치며 말했다.

"그저 개인적인 일로 몇 가지 물어본 것뿐입니다."

"그렇군요."

"이제 가도 될 것 같은데 다른 볼일이라도……."

"시내에 잠시 들려야 할 것 같아서요."

"잘 되었네요. 마침 건량도 조금 부족한 것 같아서 사놓으려고 했는데. 같이 가시면 되겠네요."

"아, 저 그것이……."

유사하가 조금 난처한 표정으로 말을 머뭇거렸다.

"무슨 불편한 점이라도……."

"다름이 아니라 제가 들를 곳이 연 소협이 가기에는 조금 난처한 곳 같아서요."

"아……."

연운비가 머리를 긁적이며 말을 이었다.

"그럼 볼일을 보신 후에 선착장에서 만나도록 하지요. 그곳에서 먼저 배를 알아보고 있겠습니다."

"알겠어요. 괜히 저 때문에 시간을 지체해서……."

"아닙니다. 시간은 오히려 제가 더 잡아먹었는데요. 천천히 볼일을 보고 오십시오."

조금은 빠른 걸음걸이로 시내로 나온 두 사람은 그렇게 다른 방향으로 헤어졌다.

第 41 章

운명은 스치듯 시작된다

제41장

　한중에서 섬서 동쪽 끝에 있는 화음(華陰)까지는 상당히 먼 거리이
다.

　물길을 이용해도 열흘은 족히 걸릴 뿐더러, 여기저기 하선이라도 한
다면 그보다 더욱 많은 시간이 소요된다.

　쏴악쏴악……

　연운비는 객잔에 들러 마련한 건량을 짊어진 채 오가는 배들을 바라
보았다.

　십여 명이 탈 수 있는 소형 어선에서부터 사람들을 실어 나르는 여
객선에, 화물만을 전문적으로 옮기는 배도 있었다.

　"많이 기다리셨죠."

　"아닙니다. 저도 지금 막 도착했습니다."

　"그럼 배부터 알아봐야겠네요."

"제가 물어보도록 하겠습니다."

연운비는 분주하게 오가는 사람들 틈에서 일꾼들을 부리는 듯한 건장한 체구의 장한에게 다가갔다.

"말씀 좀 물어봐도 되겠습니까?"

"뭐슈?"

"서안(西安)으로 해서 화음현에 가려고 합니다. 어느 곳에 가면 배를 알아볼 수 있겠습니까?"

"커흠, 도인이슈?"

"그렇습니다."

"종남의 도인이슈?"

"아닙니다. 청해 곤륜산에 적을 두고 있는 도인입니다."

"어디 보자, 저기 저 털보 보이슈?"

"예."

"저 털보에게 물어보면 서안까지 가는 배를 알선해 줄 거유. 어차피 이곳의 대부분의 배들이 서안을 통해 하남으로 향하니 이왕이면 싼 배를 이용하도록 하시우."

"감사합니다."

연운비는 장한하게 고개를 숙인 뒤 털보가 있는 방향으로 걸음을 옮겼다.

'확실히 당문과는 다르구나.'

연운비는 세가와 문파의 차이를 느낄 수 있었다.

성도에서 당문과 연관되었을 때 상인들이 보이던 모습과 종남의 영향 아래 있으면서도 종남의 도인일지도 모르는 자신에게 편하게 말을 놓는 건장한 장한의 모습이 무척 대비가 되었다.

저벅저벅.

그렇게 털보에게 다가가고 있을 무렵, 연운비는 다른 방향에서 오는 한 사내를 볼 수 있었다.

'이 사내……'

연운비는 자리에 멈춰선 채 한 걸음씩 다가오는 삼십대 중반 정도로 보이는 사내를 바라보았다.

쿵—!

거대한 산을 마주 대하는 듯한 느낌. 위지악을 만났을 당시에도 이 정도는 아니었다.

보는 것만으로도 서늘한 감정이 들게 만드는 사내는 허리에 한 자루의 기형 도를 차고 있었다.

죽립 사내 역시도 이상한 기분을 느꼈는지 걸음을 멈추고 연운비를 바라보았다.

일순간의 정적.

그 고요한 정적을 깨뜨린 것은 죽립 사내의 묵직하면서도 느릿한 말투였다.

"좋군. 도가와 관련이 있어 보이는데… 화산의 무인인가? 아니면 종남인가?"

"……."

연운비는 아무런 대답도 하지 못했다.

주체할 수 없는 떨려오는 전신.

대체 누구인가?

누구이기에 이런 기도를 뿌려낼 수 있단 말인가?

"제 사문은… 곤륜입니다."

연운비는 간신히 마음을 진정시키며 대답했다.

"곤륜이라……."

죽립 사내는 잠시 동안 연운비를 주시했다.

"신검(神劍)은 꺾였다고 들었거늘 헛소문에 불과했었나?"

한족이 아니었던가?

어딘지 모르게 어눌한 말투. 그의 말투가 느리지 않았다만 알아듣기 조차 곤란했을 것이다.

"누구십니까?"

"북궁무백(北宮武伯), 그것이 내 이름이네."

"혹시… 마곡의 무인이십니까?"

스스로를 마곡의 무인이라 밝힌 천멸장 적천악. 북궁무백에게서 흘러나오는 기운은 그와 무척이나 흡사했다.

차이점이 있다면 북궁무백에게서 흘러나오는 기운은 지극히 패도적이라는 사실이었다.

"애매한 질문을 하는군."

잠시 간의 틈을 둔 북궁무백이 말을 이었다.

"자네는 어째서 무인을 강호인이라고 하는지 아는가?"

"모르겠습니다."

"그것은 한없이 자유롭기 때문이네. 천하에 누가 있어 감히 나를 구속할 수 있을까."

오만하다고 할 수 있는 태도. 그러나 연운비는 전혀 그런 생각이 들지 않았다.

눈앞의 사내라면 그럴 만한 자격이 있다고 생각했기 때문이다.

환청이던가?

기이한 것은 무슨 반응이라도 보여야 할 유사하가 의아한 표정으로 두 사람을 지켜보고 있었다.

'들리지 않는 것인가?'

분명히 전음은 아니었다. 그러나 유사하는 아무 소리도 듣지 못하는 양 두 사람을 바라보고만 있을 뿐이었다.

"자네 질문에 답을 해주었으니 이제는 자네가 나에게 답을 해줄 차례이군. 묻겠네. 자네는 강호인인가? 아니면 무인인가?"

"무슨 말씀이십니까?"

"말 그대로일세. 자네가 강호인인지 무인인지를 알고 싶은 것이네."

"저는……."

연운비는 북궁무백의 두 눈을 직시했다. 그의 두 눈은 투명할 정도로 맑아 보였다.

"무인입니다."

"무인이라… 나쁘지 않군. 자네의 이야기를 들은 적이 있네. 하나 지금 내가 본 자네는 들었던 것과는 큰 차이가 있군."

"검을 드실 생각이십니까?"

"아니, 아직은 아니네. 자네에게는 그럴 자격이 없네."

북궁무백이 시선을 돌려 하늘을 바라보며 말했다.

"생사(生死)가 무엇인지 알고 있나?"

"알지 못합니다."

"하면 귀일(歸一)이 무엇인지 알고 있나?"

"……."

연운비는 대답을 하지 못했다.

귀일이 무엇인지에 대해서 생각해 본 적은 있지만 그것을 안다는 확신을 할 수는 없었다.

"자네에게 시간을 주겠네."

그런 연운비를 보며 북궁무백의 느릿한 말투로 말했다.

"삼 년이면 족하겠지."

"……."

"오늘 일을 빚이라 생각해도 좋네. 다시 만나게 되면… 그때는 서로
에게 검을 겨눠야 할 걸세. 설령… 자네가 원치 않는다 해도."

말을 마친 북궁무백은 걸음을 옮겨 쾌속정 한 척에 올라탔다. 그러
자 쾌속정은 기다렸다는 듯이 물살을 가르며 출발했다.

"북궁무백……."

연운비는 멀어져 가는 죽립 사내 북궁무백을 바라보며 조용히 그의
이름을 중얼거렸다.

다시 만나게 될지는 모르겠지만 그의 말처럼 만나게 된다면 그때는
서로에게 검을 겨누어야 할 운명이었다.

슈욱슈욱…….

배는 바람을 타고 빠르게 움직였다.

연운비와 유사하가 탄 배는 제법 커다란 배였다. 화물뿐만 아니라
사람도 실어 나르는 배였는데, 배에 탄 선객들만 해도 어림잡아 오육십
명은 족히 되었다.

"연 소협, 왜 나와 계시나요?"

"생각할 것이 조금 있어서요."

"또 그 죽립 사내를 생각하시는 것인가요?"

유사하는 북궁무백과 나누었던 대화를 단 한 마디도 기억하지 못했

다. 아니, 애초부터 듣지 못했다고 하는 편이 정확했다.

'음파의 차단이라……'

밀폐된 공간에서라면 모를까 선착장처럼 탁 트인 공간에서 음파를 차단하는 것은 사실상 불가능에 가까운 일이다.

'삼 년.'

분명 적은 시간은 아니었다. 하지만 어떻게 보면 지극히 짧은 시간이기도 했다.

"그는… 강한가요?"

"그렇습니다. 내가 본 그 누구보다도……."

연운비는 지금까지 만났던 수많은 사람들을 떠올렸다. 권왕 위지악을 시작으로, 광마 부평악, 창마 조풍령. 그 누구도 북궁무백처럼 강하게 느껴지는 무인은 없었다.

'스승님이시라면……'

말년에 운산 도인의 무공은 누구도 짐작하지 못하는 경지에 이르러 있었다.

당시 운산 도인이 마지막으로 보여주었던 검무.

그것은 검의 물결이었고, 연운비가 그토록 갈망하던 검선의 경지이기도 하였다.

'그러고 보니 스승님께서도 내공을 사용하지 않으셨지……'

유이명이 산을 내려가며 심마에 걸린 운산 도인은 그것을 이겨내기는 하였지만 그동안 약해진 몸이 원상태로 돌아오지는 못하였다. 더욱이 그 상태에서 기련쌍괴를 돕기 위해 무리해서 무공을 펼친 까닭에 결국 지병을 이기지 못하고 눈을 감았다.

병석에 완전히 드러눕기 전 운산 도인은 연운비에게 마지막 깨달음을 전수하기 위해 검을 들었다.

화아아악—!

검세는 천운봉 전체를 아우를 듯 웅혼하기 그지없었고, 검의 기운이 미치는 곳에는 천지의 조화가 새롭게 이루어지고 있었다.

무상의 경지.

그것은 무경의 경지를 뛰어넘어 또 다른 경지를 향해 나아가는 신화 속의 검이었다.

'아…….'

이 순간 불현듯 연운비의 뇌리 속에 천지검(天池劍)이 떠오르는 이유는 무엇 때문일까?

묘하게도 당시 운산 도인이 펼쳤던 검무가 천지검의 묘리와 흡사한 부분이 적지 않았다.

'나는 천지검을 익히려 노력해 본 적은 있는가?'

연운비는 고민에 빠졌다.

모용기가 천지검을 남긴 것은 일세의 절학이 자신의 대에서 끊어지기를 원하지 않았기 때문이지 결코 다른 이유에서가 아니었다.

'의지만을 펼친다는 것은 내 생각이 아니었던가?'

상청무상검도만 하여도 분이 넘친다고 생각했다.

"이어짐이 순리라면 그것은 귀일이라……."

'무공만을 말하심이 아니었단 말인가?'

말년에 이르러서 운산 도인은 연운비에게 이전과는 달리 도가의 공부를 가르치기보다는 무공의 묘리에 대한 설명을 주로 하였다.

그러나 결국 그것은 무공의 묘리뿐만 아니라 세상에 대한 공부 또한 포함되어 있던 것이다.

'스승님……'

실력이 좀처럼 늘지 않는 제자를 위해 중병을 앓고 있는 상황에서 그런 식으로 가르치기 위해 얼마나 고심을 하였을까? 그런 생각을 하니 가슴이 저며왔다.

"너무 걱정하지 마세요. 아무리 그 사람이 강하다고 하지만 중원 무림엔 수많은 기인이사 분들이 있잖아요."

"예……"

"강바람이 차갑네요. 선실로 들어가는 것이 어떻겠어요?"

"먼저 들어가시지요. 저는 생각할 것이 조금 있어서……"

"늦지 않게 들어오세요."

유사하는 먼저 몸을 돌려 선실로 향했다.

"휴……"

유사하의 모습이 완전히 사라지자 연운비는 긴 한숨을 내쉬었다.

아무리 강호에 기인이사가 많다 한들 북궁무백 같은 고수가 하늘에서 뚝 떨어지듯이 나타날 수는 없었다.

'그는 마곡에서 어떤 지위일까?'

나이는 그다지 많아 보이지 않았지만 적어도 낮은 지위는 아닐 것이리라.

'마곡에는 대체 그 정도의 고수가 얼마나 있는 것인가?'

낭인왕과의 싸움에서 한 치도 물러서지 않은 대하상인을 비롯하여 마곡의 주력 병력을 이끌고 있는 일월마군. 하나하나가 고수가 아닌 이가 없었다. 중원 그 어느 문파도 그 정도 수의 무인을 보유하고 있는 곳은 없었다.

'십장생, 그들이 살아 있었다면 가능했을지도 모르겠구나.'

연운비는 철탁개에게서 받은 책자를 꺼냈다.

책자는 그다지 두껍지는 않았지만 작은 글씨가 빼곡히 적혀져 있어 상당히 많은 분량이었다. 그것은 그만큼 개방이 암천회와 십장생에 대해 많은 정보를 수집했다는 뜻이기도 했다.

책자에는 실로 많은 이야기가 적혀져 있었다.

십장생들의 능력은 가히 경천동지라 해도 과언이 아닐 정도로 뛰어났다.

십장생 중에 가장 약한 이라 할지라도 한 지역의 패주가 되기에 부족함이 없었고, 그것은 실질적으로 암천회의 주력 병력을 이끈 팔대기주 역시 마찬가지였다.

놀라운 것은 십장생들이 단순히 무공만 뛰어난 무인들이 아니었다는 사실이었다.

그들 중에는 천문, 지리에 능통한 이도 있었고, 진법에 능한 진법가도 있었다.

'어떻게 이런 이들이 갑작스럽게 나타났단 말인가? 그리고 이런 이들을 무벌은 무슨 수로 물리쳤단 말인가?

모든 것이 의문투성이였다.

삼십여 년 전이라면 무벌의 세력은 지금과 비교해서 다소 차이가 있었다.

그 정도로 암천회의 상대가 되기에는 벅찬 것이 사실이었다. 아무 이유 없이 중원의 모든 문파가 연합한 것은 아니었다.

'소림, 무당, 사혈맹… 아무리 다른 문파들이 합세했다 하더라도 이미 그들은 암천회에 의해 세력이 꺾인 상태라 하지 않았던가?

책자에는 십장생뿐만 아니라 팔대기주 역시 적혀 있었다.

그들의 정확한 신상 명세까지 적혀 있는 것은 아니었지만 무공의 대략적인 특징과 그들이 활동한 지역이 적혀 있었다.

팔대기주 휘하에는 각각 적게는 이십여 명에서 많게는 삼십 명 정도의 암천회 무인들이 소속되어 있었다. 그들은 독자적으로 강호를 활보했고, 십장생 역시 그것은 마찬가지였다. 단지 차이가 있다면 십장생들은 대부분 홀로 천하를 떠돌았다는 것이다.

'소림으로 간다면… 이 모든 것을 어느 정도는 알 수 있겠지.'

연운비는 화산에서의 일이 끝나면 곧장 소림으로 향할 생각이었다.

'선청하……'

사내로서 무인으로서 너무나 당당했던 그가 사모하는 여인. 이제 이 검의 주인은 그녀가 될 것이다.

                    *   *   *

구화산(九華山)에 집결한 마곡의 주력 병력은 마침내 북상하여 대대적인 도하 작전을 펼쳤다.

도하 작전의 중심이 되는 곳은 안경(安慶)이었다.

이미 수로의 주도권을 넘겨준 강북 무림의 수많은 방파들은 그것을 지켜보고만 있어야 했다.

파죽지세(破竹之勢).

오대마군의 수좌라 알려져 있는 일월마군의 무공은 가공했다.

그가 휘두르는 기병기 냉월마극(冷月魔戟) 앞을 가로막는 모든 적을 양단시켰다.

극(戟)은 강호인들은 거의 사용하지 않은 병기로 간혹 신력이 타고난 군부의 장수들이 사용하곤 했다.

"시시하군."

일월마군은 능선 아래 내려다보이는 남궁세가의 패잔병들을 바라보았다.

이백이 넘는 인원 중 살아서 도망치는 자는 절반이 되지 못했다. 그리고 그마저도 지금 혈귀대(血鬼隊) 무인들의 추격에 하나둘 목숨이 끊어지고 있었다.

"남궁세가… 겨우 이 정도였던가?"

일월마군의 얼굴에 지루한 기색이 어렸다.

대다수의 마곡 무인들이 그러하듯 일월마군 역시 호쾌한 싸움을 생각했다.

검의 명가이자 사실상 천하제일가라고도 불리는 남궁세가였으니 당연한 일이었다. 그러나 막상 부딪쳐 본 남궁세가의 전력은 기대에 크게 미치지 못했다.

남궁세가의 원로이자 다섯 손가락 안에 꼽히는 창천뇌검(蒼天雷劍) 남궁파 역시 생각했던 것보다 약했다. 검절(劍絶) 남궁운이 있다 하지만 십 년 후라면 몰라도 그 역시 남궁파와 큰 차이가 있는 것은 아니었으니 일월마군의 기대를 만족시켜 줄 만한 무인은 더 이상 남아 있지 않았다.

스스슥……

그 순간 일월마군의 뒤에 잔영이 생기며 온몸을 망사의로 가린 인영이 모습을 드러냈다.

"흐으으, 대형을 뵙습니다."

"무슨 일이냐?"

"흐으으, 사천에서 급보가 도착했습니다."

지극히 음산한 목소리, 망사인영은 다름 아닌 오대마군 중 일인인 유령마군(幽靈魔君)이었다.

"둘째형이 큰 부상을 입었다 합니다. 전서에는 밝히지 않았지만, 내공이 전폐된 듯싶습니다."

"아미에 그 정도의 고수가 있었나?"

의형제가 다쳤다는 보고에도 일월마군은 표정 하나 변하지 않았다. 달리 마곡에서 일월마군에게 총지휘를 맡기고 그의 병기를 냉월마극이라 부르는 것이 아니었다.

"흐으으. 곤륜신검이라 불리는 애송이에게 당한 듯싶습니다."

"신검이라……."

일월마군의 눈에 한광이 스치고 지나갔다.

들어본 적이 있었다.

한때였지만 자신과 비교되기도 하였던 천멸장 적천악을 패사시켰다고 전해온 무인이었다.

"적 봉공을 이길 정도라면 애송이라 할 수는 없겠지."

"흐으으. 그래도 대형의 상대는 될 수 없지 않겠습니까?"

"봉공들 앞에서 그런 말은 하지 않는 것이 좋다."

일월마군이 눈살을 찌푸렸다.

그렇지 않아도 봉공이나 곡의 원로들로부터 많은 견제를 받고 있는 상황, 쓸데없는 화를 자초할 필요는 없었다.

"흐으으. 까짓 견제를 받으면 어떻습니까? 천주께서 대형께 총지휘권을 부여하며 일로군(一路軍)을 맡기신 것은 다음 대 천주로 대형을 생각하고 있다는 뜻이 아니겠습니까?"

마치 고목처럼 마른 유령마군이 음산한 웃음을 흘리며 말했다.

이전이라면 모를까 칠 년간의 폐관수련 끝에 무경의 경지를 넘어선 일월마군의 무위는 설령 구양 노사라 할지라도 감당할 수 없는 수준이었다.

"천주의 자리라……."

일월마군의 그다지 관심없는 표정으로 중얼거렸다.

분명 이번 중원정벌에 지휘권을 욕심을 낸 것은 사실이었지만, 그렇다고 해서 다음 대 천주의 지위까지 넘보는 것은 아니었다.

아니, 정확히 말하자면 천주의 자리 따위에는 관심이 없다고 하는 편이 옳았다.

무경, 극마라는 경지를 넘어선 일월마군에게 이제 남은 유일한 바람이 있다는 그것은 오직 한 사람을 꺾는 일이리라.

"흐으으. 무상께서 천주의 자리에 관심이 없다는 것은 곡 무인 모두가 알고 있는 사실이 아닙니까? 더욱이 십 년 전이라면 몰라도 지금도 무상이 강한 것은 아니지 않습니까?"

"……."

일월마군이 지그시 눈을 감았다.

십 년 전에 있었던 마지막 비무.

아직도 그때를 생각하면 온몸을 주체할 수 없을 정도로 전신이 떨려왔다.

무상(武相) 북궁무백.

강한 무인.

천하에 누가 있어 그를 상대할 수 있을까?

그런 무력을 보유하고 있음에도 생사경이라는 또 다른 경지를 나아가고자 모든 것을 버렸다.

과연 일월마군 자신이었다면 그럴 수 있었을까?

어쩌면 그 차이가 지금의 무상이라는 무인을 있게 만들어준 이유일 수도 있었다.

"허튼소리, 그럴 리 없다."

"흐으으. 만에 하나 무상께서 예전의 수준 그대로라면 어떻게 하실 것입니까?"

"그 말이 사실이라면……."

일순간 일월마군의 눈에 살기와도 비슷한 섬광이 스치고 지나갔다.

"그때는……."

일월마군의 움켜쥔 두 손에 힘이 들어갔다.

그가 자신에게 만족할 만한 그 무엇인가를 보여주지 못한다면 그때… 중원은 새로운 하늘을 보게 될 것이리라.

도하한 마곡의 주력 병력은 회녕(懷寧)을 지나 동성(桐城)에 이르렀다.

그러자 남궁세가를 위시한 세가연합에서는 대대적인 반격에 나섰다. 동성 분타가 무너지면 서성(舒城) 전까지는 이렇다 할 방어선을 구축할 만한 곳이 없었다.

그러나 파죽지세로 밀고 올라오는 마곡의 주력 병력 앞에 세가연합은 또다시 패퇴하며 울분을 삼키고 물러서야 했다.

남궁세가에서는 동성과 서성의 중간 지점이라 할 수 있는 평산에 다시 한 번 방어선을 구축하였지만 급조된 함정이나 어설픈 목책 따위로는 마곡의 주력 병력을 막을 수 없었다.

"놈들을 모조리 주살하라!"

최전선에 선 부대는 혈귀대(血鬼隊)였다.

오대(五隊) 중 전마대(戰魔隊)와 함께 극강의 무력을 자랑하는 부대.

그 강인함은 혈귀대주 전흠이 몸으로서 직접 증명하고 있었다.

서걱!

혈향만이 전장에 나부꼈다.

그 중심에 있는 이는 무력부대 혈귀대주 전흠이었고, 철갑대와 함께 산동을 무너뜨린 수훈자이기도 했다.

"크흐흐, 더 강한 자는 없는가!"

쌍수도를 휘두르며 전신이 피로 절어 있는 전흠의 모습은 흡사 혈귀를 보는 듯했다.

괜히 혈귀대라는 명칭이 붙은 것이 아니었다.

창! 차차차창!

그런 혈마대를 상대하고 있는 것은 안휘에서는 남궁세가 다음으로 강한 세력을 보유하고 있는 백쾌당(百快堂) 무인들이었다. 남궁세가의 무인들도 간혹 보였지만 그 수는 많지 않았다.

"물러서지 마라!"

백쾌당 무인들은 전선을 지키기 위해 사력을 다해 안간힘을 써보았지만, 조직적인 혈귀대 무인들의 합공 아래 하나둘 목숨을 잃어가고 있었다.

"남궁세가의 잡버러지들은 어디 처박혀 있는 것이냐!"

전흠의 쌍수도가 춤을 추며 다시 두어 명의 백쾌당 무인들 몸에서 피분수가 뿜어져 나왔다.

전흠은 이 상황이 마음에 들지 않는듯 시종일관 인상을 찌푸리고 있었다.

백쾌당이라면 구태여 혈귀대가 나설 필요도 없었다.

오대 중 가장 약한 밀령대(密令隊)라 할지라도 백쾌당 무인들보단 강했다.

지금 이 시간에도 호적수라 할 수 있는 전귀(戰鬼) 두요백은 전마대를 이끌고 남궁세가의 본가가 있는 합비 근처로 움직이고 있을 것이리라.

"굉백, 공격에 박차를 가하라."

"알겠습니다."

부대주인 굉백이 기다렸다는 듯이 대답하며 이선으로 빠져 있던 대체 인원을 모조로 전장에 투입시켰다.

끼이이잉―

혈귀대 무인들은 대부분 파풍도(破風刀)를 사용했다.

파풍도는 중원에서는 흔히 볼 수 없는 병기로, 도의 두께만 하더라도 웬만한 어른 손가락 한 마디 만한 것으로 넓이는 한 뼘이 넘었다. 더욱이 날 중간에 갈고리처럼 튀어나온 부분이 있어 상대의 병기를 효율적으로 차단할 수 있었다.

"크흐. 이틀 안에 서성(舒城)까지는 도착해야 한다!"

전흠이 음산한 살기를 흘리며 대성을 터뜨렸다.

전흠의 무위는 마곡에서도 스무 손가락 안에 드는 것으로 오대를 이끄는 다섯 대주 중 가장 잔혹하기로 유명했다.

전흠의 쌍수도에는 진득한 피가 굳어 있었다. 병력을 지휘하기 위해서는 무공도 높아야 하지만 무엇보다 지휘력이 있어야 했다. 무혼대주 갈중혁이 무혼대를 맡을 수 있던 것은 무공보다는 지휘력이 뛰어나서였다.

그러나 전흠이 혈귀대를 맡을 수 있던 것은 병력을 운용할 수 있는 능력이 뛰어나서가 아니라 순수한 그의 무공이 다른 대주들보다 월등히 강했기 때문이다.

전마대를 이끌고 있는 전귀(戰鬼) 두요백이 아니라면 다른 대주들은 전흠의 상대가 되지 못했다.

"크악!"

"아아아악!"

비명 소리가 끊이질 않았다.

백쾌당 검수들은 쾌검을 사용하며 저항을 해보았지만 극성이라 할 수 있는 파풍도에 병기가 막히거나 조직적인 합공에 하나둘 목숨을 잃어가고 있었다.

"거기까지 하는 것이 좋겠군."

그 순간 백삼 중년인이 표홀히 날아와 전흠의 앞을 가로막았다.

"크흐흐. 드디어 나타나셨군."

전흠이 살기를 내뿜으며 나타나는 백삼 중년인을 바라보았다.

그는 다름 아닌 무검(武劍) 남궁천명.

검절 남궁운의 친형으로 그와 함께 남궁세가를 이끌어가고 있는 두 개의 기둥 중 하나였다.

남궁천명의 등장과 함께 수십의 인영이 장내에 내려서 혈귀대 무인들에게 살수를 펼쳤다.

그들이 바로 남궁세가가 자랑하는 창궁검대(蒼穹劍隊)의 검수들이었다. 천검대(天劍隊)와 함께 남궁세가를 지탱하는 축 중 하나이기도 했다.

챙! 채채챙!

기울었던 전세가 창궁검대의 합류로 인해 팽팽해졌다.

"이제야 싸워볼 맛이 나는군."

전흠은 혓바닥으로 입가에 묻은 피를 핥으며 쌍수도를 역십자 방향으로 세웠다.

남궁천명은 검기를 일으키며 곧장 전흠에게 쇄도했다.

전흠 역시 이에 질세라 쌍수도에 기를 불어넣으며 마주쳐 갔다.

캉! 캉!

두 번의 부딪침.

그 부딪침에서 한 발 물러난 것은 전흠이었다. 내공 면에 있어서 태어날 때부터 벌모세수를 받고, 영약을 먹어 이득을 본 남궁천명을 감당하지 못한 것이다.

"이래서 정파 놈들은 마음에 들지 않는단 말이야."

전흠은 비릿한 미소를 지으며 말했다.

"그러나 내공이 높은 것만이 능사는 아니지."

전흠은 쌍수도에 기를 불어넣으며 재차 쇄도했다.

검강을 사용할 정도가 아니라면, 절정 이상의 경지를 이룬 무인에게 단순히 내공의 차이만을 가지고 상대를 압도할 순 없다.

이 싸움에서 전흠은 그것을 보여주고 있었다.

내공이 높은 것은 분명 남궁천명이지만 공세를 퍼붓고 있는 것은 전흠이었다.

쇄쇄쇄쇄쇅!

쌍수도가 끊임없이 남궁천명의 목덜미를 노리고 날아들었다.

충돌을 피하면서도 부딪침을 유도했고, 그 틈을 노리며 또 하나의 수도가 허점을 파고든다.

그것이 바로 마곡의 칠대절학 중 하나인 불묘검기(佛杳劍氣)와 비슷한 수준이라 평가받는 음혼쌍검류(陰魂雙劍流)였다.

"그대 말이 맞다. 내공이 높은 것만이 전부는 아니지."

돌연 남궁천명의 기세가 달라졌다. 그와 동시에 검의 움직임도 달라졌다.

조금은 수세적이던 남궁천명의 검이 매서운 기운을 흩뿌리며 일직선으로 곧장 날아들었다.

그것은 바로 지금의 남궁세가를 있게 만들어준 창궁무애검법(蒼穹無涯劍法)의 한 초식인 창궁뇌전(蒼穹雷電)이었다.

지난 백여 년간 누구도 익히지 못했다는 제왕검형(帝王劍形)을 제외한다면 남궁세가에서 가장 극강하다고 할 수 있는 검법이 바로 창궁무애검법이었다.

"큭! 실력을 숨기고 있었나?"

전흠이 다급히 물러서며 쌍수도를 휘둘렀다.

그럼에도 불구하고 검세의 영향권에서 완전히 벗어나지 못하고 허리춤에 일검을 맞았다.

"흐흐, 이제야 해볼 만하겠군."

전흠의 전신에서 자욱한 살기가 피어올랐다.

놀랍게도 남궁천명의 무공은 얼마 전 보았던 창천뇌검 남궁파보다 강했다.

비록 전흠이 직접 남궁파와 겨뤄본 것은 아니었지만, 분명 일월마군을 상대하던 남궁파의 무공은 예상했던 것보다 다소 떨어지는 수준이었다.

둥! 두두두둥!

그 순간 돌연 마곡의 본영에서 북소리가 울려 퍼졌다.

"큭… 하필이면 이럴 때."

전흠의 눈가에 일순간 아쉬운 빛이 스치고 지나갔다.

무슨 이유 때문인지는 몰라도 본영에서 후퇴하라는 명령이 떨어졌다. 이 전투를 지휘하는 것은 분명 전흠이지만 총괄하는 것은 수석마군이라 할 수 있는 일월마군이었다.

"오늘은 이만 가봐야겠군. 다음에 만날 때는 누구 한 사람은 살아 돌아가지 못할 것이다."

전흠은 쌍수도로 위협을 한 뒤 그대로 몸을 뺐다.

남궁천명은 구태여 전흠을 추격하지 않았다. 어차피 단시간 내에 승부를 결할 수 있는 상대가 아니었다.

'강하다. 어찌 저 정도의 무력을 지니고 있는 자가 일개 대주란 말인가.'

멀어져 가는 전흠의 뒷모습을 보며 남궁천명은 한탄을 금치 못했다.

일대 대주가 저러할진대 정작 병력을 이끌고 있는 일월마군이나 냉면염라(冷面閻羅)라는 자는 얼마나 강할 것인가?

'소림에서 온 그가 나선다 할지라도 결코 쉽지만은 않을 듯싶구나……..'

저물어져 가는 저녁노을만큼 굳은 남궁천명의 표정은 어두워 보였다.

　　　　　*　　　　　*　　　　　*

"죽였어야 하셨습니다."

쾌속선의 선미. 북궁무백의 옆에는 몸에 옷이 착 달라붙는 화의 경장을 걸친 요염한 미부가 시립해 있었다.

풍만한 몸매를 자랑하는 미부의 전신에서는 요염한 색기가 넘쳐흘렀다.

마곡에서는 그녀를 가리켜 이렇게 불렀다.

홍염마녀(紅琰魔女) 마희.

마곡의 원로들조차 꺼려 하는 고수로서, 한때 이 전 중 한 곳의 전주였지만 북궁무백을 따른 뒤부터 모든 지위를 내놓았다.

"술이나 한잔 따르거라."

쪼르륵…….

심하게 흔들리는 쾌속선 위에서도 술을 따르는 마희나 북궁무백 모두 조금의 미동도 없었다.

"어째서 살려두신 겁니까?"

신검이 살아 있다는 이야기는 얼마 전에야 접할 수 있었다.

거령마군의 무공은 적봉공보다 강하면 강했지 약한 무인은 아니었다. 그런 거령마군이 유령문의 태상장로와 합공을 취했음에도 패했다는 것은 향후 마곡의 행사에 있어 가장 큰 적이 될 수도 있다는 것을 의미했다.

"말이… 많아졌구나."

북궁무백이 마땅치 않다는 표정으로 말했다.

"죄송합니다."

마희가 급히 고개를 숙였다.

그녀가 아니었다면 감히 북궁무백의 앞에서 이렇듯 쉬이 입을 열지도 못했을 터, 그것은 마곡에 속한 무인이라면 지위고하를 막론하고 누구나 마찬가지였다.

"신검의 무공은 어떠하였습니까?"

"듣던 것 이상이었다. 기대가 되더군."

"이상이라 하심은……."

"노사보다 약하지 않았다."

"그런……!"

마희의 입에서 경악성이 흘러나왔다.

구양 노사.

한때 마곡의 무공 사부로서 천하에 모르는 무공이 없다고 알려진 무인으로 지금은 모처에 은거하다시피 하고 있었지만 북궁무백을 제외한다면 마곡에서 가장 강했다.

"그는 아직 잘 모르더군. 자신이 어느 정도의 수준에 있는지를. 그것을 안다면 더 강해지겠지. 그리되면……."

북궁무백은 무엇인가를 기대하는 표정으로 중얼거렸다.

그 모습을 본 마희의 눈에는 순간적으로 살기와도 같은 한광이 스치고 지나갔다. 그러나 다른 곳을 보고 있던 북궁무백은 미처 그 모습을 보지 못했다.

"만해도가 아직 완전히 장악하지는 못한 모양이군."

"수로맹의 수적들이 제법 버티고 있는 모양입니다."

"수로맹에 누가 있지?"

"수로맹주 철무경과 수로맹 제이전선을 이끌고 있는 혈도(血刀)가 있습니다."

"둘 중 누가 강하냐?"

"비슷합니다. 굳이 따지자면 혈도가 조금 강하다고 할 수 있습니다."

"맹주보다 강한 수하라……."

북궁무백의 무덤덤한 표정에 일순간 이채가 스치고 지나갔다.

"수로맹주의 무공은 어느 정도인가?"

"천녀와 비슷한 수준입니다."

"혈도는?"

"오왕과 비슷하거나 오히려 그보다 조금 강한 수준입니다. 그러나 어디까지나 가정일 뿐입니다."

"배를 돌려라. 수로맹으로 간다."

"대군?"

"돌려라."

"하지만……."

단호한 북궁무백의 태도에 마희의 얼굴에 난감한 기색이 어렸다. 이런 결정을 내릴 것이라는 사실을 알면서도 간과한 것이 실수라면 실수였다.

"명이라면 따르겠지만 수로맹으로 가셔도 혈도를 보기는 힘드실 것입니다."

"무슨 소린가?"

"수로맹 제이전선 흑암(黑岩)은 수로맹 총단이 아니라 장강을 떠돌며 만해도 전선들을 공격하고 있다 합니다."

"운이 따르지 않는군."

북궁무백이 나직한 목소리로 중얼거렸다. 그 목소리에는 짙은 아쉬움이 깃들어 있었다.

권태로운 삶. 그것이 벌써 십 년째이다.

이제는 누군가 이 지독한 갈증을 풀어주었으면 하는 것이 북궁무백의 유일한 바람이었다.

설령… 그 대가가 죽음이라 할지라도.

"포달랍궁의 궁주는 어떠셨습니까?"

"강하지 않았다."

"그렇군요."

누가 감히 서장일궁(西藏一宮)이라 불리는 포달랍궁의 궁주 활불에게 약하다는 표현을 쓸 수 있을까?

그러나 마희는 마치 그것이 당연하다는 사실처럼 받아들였다.

활불의 무공은 일월마군과 비슷한 수준에 불과했다.

북궁무백이 곡을 떠나기 십 년 전, 일월마군과 있었던 비무에서 그를 이백여 초만에 패퇴시켰으니 적어도 북궁무백에게는 그럴 만한 자격이 있었다.

"바로 곡으로 향하실 것입니까?"

"그래야겠지."

"천주께서 많이 기다리셨습니다."

"나를 기다린 것이 아니라 무상(武相)이라는 한 명의 무인을 기다린 것이겠지."

"대군……."

"이번이 마지막이다. 이번 일이 끝나면… 그때는……."

북궁무백의 눈은 끝없이 펼쳐져 있는 바다와도 같은 장강의 한복판을 향하고 있었다.

파르르륵—

모두가 잠들어 있는 깊은 어둠. 그 어둠 속에서 한 마리 비조가 날아올랐다.

'가거라.'

떨리는 마음으로 비조를 날려 보내는 인영은 다름 아닌 홍염마녀 마희였다.

'대군께는 죄송한 일이지만 어쩔 수 없다.'

실로 어렵사리 내린 결단.

그것은 북궁무백을 배신하는 행동이나 다름없었지만 마희로서는 어쩔 수 없는 결정이기도 하였다.

마곡을 위해서가 아니었다.

전주라는 지위를 내놓으면서 이미 마곡과는 인연을 끊다시피 한 그녀였다.

북궁무백은 누구를 상대함에 있어 결코 손속에 사정을 두는 이가 아니었다.

그런 북궁무백이 연운비를 살려두었다면 그만한 이유가 있기 때문이니, 만에 하나라도 북궁무백의 말처럼 연운비가 강해져 북궁무백의 생명을 위협할 수 있다면⋯ 그럴 가능성은 전무하겠지만 그 만에 하나조차 마희는 용납할 수 없었다.

'어느 누구도 대군을 위협하지 못하리라.'

비조를 날리는 것을 선실 안에 있는 북궁무백이 눈치챌 수도 있었다. 그러나 이따금씩 자신이 마곡과 연락을 주고받는 사실을 알고 있었기에 별 의심은 하지 않을 것이리라.

후일 북궁무백이 이 사실을 알게 되어 진노하더라도 그 정도의 처벌쯤은 얼마든지 감수할 수 있었다.

그렇게 북동 방향으로 날아간 비조가 점이 되어 사라질 때까지 마희의 눈은 그곳을 향해 있었다.

第42章

화산의 정기는 드높다

제42장

겨울의 중반에 들어선 섬서 동부의 날씨는 매서웠다.

배를 타고 화음(華陰)에서 내린 연운비와 유사하는 곧장 화산으로 향했다.

사박사박······.

발목 어림까지 쌓인 눈과 어우러진 주변의 풍경은 어딘지 모르게 고요했다.

범인(凡人)이 접근하는 것을 달가워하지 않음인가?

기암절벽으로 이루어진 화산의 산세는 험준하고도 험준했다.

그러나 그런 험준함과는 다르게 간혹 들려오는 산새 소리는 마음을 평온하게 해주었다.

"좋군요."

"달리 오악이라 하는 것이 아니겠지요."

연운비는 화산의 정기를 느끼며 깊은숨을 내쉬었다.

곤륜의 산세가 웅장하다면 화산의 산세는 다섯 봉우리에서 뻗어 나오는 충만한 기운으로 인해 지극히 드높다.

"다행이네요."

"예?"

"연 소협의 표정이 좋아 보여서요. 그동안 굳어 있기만 하셨잖아요."

"제가 그랬습니까?"

연운비가 쑥스러운 표정으로 머리를 긁적였다.

생각해 보니 함께 있던 유사하는 생각도 하지 않은 채 혼자 고민에 빠져 있었다.

사박사박……

연화봉(蓮花峰) 초입에 들어서자 저 멀리서 청색 두건을 쓴 도인 몇 명이 걸어오는 것이 보였다.

생각했던 것보다 삼엄한 경계.

연화봉에 이르기도 전에 벌써 몇 차례나 주변에서 인기척이 느껴졌다.

'섬서의 상황도 사천과 별반 다르지 않다더니……'

사천의 문파가 강성하다 한들 화산과 종남에 비한다면 그 전력이 처지는 것은 사실이다.

그런 섬서 무림조차 팔황의 공세에 고전을 면치 못하고 있었다.

그나마 화산과 종남이 아니었다면 팔황 중 무려 두 곳인 대막혈랑대와 빙궁의 공세를 막아내지도 못하고 있었을 것이리라.

당금 정도 무림에서 소림을 제외한다면 어떠한 문파도 세력 면에 있어서 화산에 미치지 못했다.

　무당이 있다 하지만 삼십여 년 전에 있었던 암천회의 난에서 무당은 너무 큰 피해를 입었다. 무당이 섣불리 움직이지 못하는 것도 그런 이유에서였다.

　"오신다는 이야기를 들었습니다."

　삼십대 초반 정도로 보이는 장년 도인이 정중히 고개를 숙이며 연운비를 맞이했다.

　"무슨 말씀이신지?"

　"곤륜에서 오신 연 도우가 아니십니까?"

　"맞습니다만……."

　"장문인께서 기다리고 계십니다."

　장년 도인은 푸근한 미소를 지으며 말했다.

　"어찌 아시고……."

　"한중에 들르셨지요. 개방만큼은 아니더라도 섬서에 속가무문들이 적지 않게 퍼져 있습니다. 그들에게서 들어오는 정보도 적지 않답니다."

　장년 도인은 연운비와 유사하를 문으로 안내하며 이런저런 이야기를 들려주었다.

　그 안에는 대막혈랑대(大漠血狼隊)와 빙궁(氷宮)에 대한 이야기도 들어 있었다.

　혈랑을 이동 수단으로 삼는 대막혈랑대와 북풍의 매서운 바람처럼 한빙공을 사용하는 빙궁 무인들은 상대하기 극히 까다로운 적들이었다. 그나마 그들의 수가 그렇게까지 많지 않다는 것이 유일한 위안이 되고 있었다.

"이제 곧 감숙에서 공동파와 흑사방이 지원이 오면 숨통이 조금 트이겠지요."

"다행이군요."

"하나 배교가 무엇 때문에 침묵하고 있는 것인지는 모르겠지만, 기습을 노릴 수도 있기에 그렇게까지 많은 지원군을 보내지는 못하였다고 합니다."

"……."

배교의 이야기가 나오자 연운비의 안색이 좋지 않게 변했다.

신강(新疆)의 패자.

기이한 무공과 사이한 술법으로 상대를 현혹시키는 배교의 술사들은 무공만으로는 상대하기 어려운 자들이었다.

연운비는 그들의 술법과 무공을 겪어본 적이 있었다.

기련쌍괴를 돕기 위해 나섰던 싸움. 당시 본 배교의 술사들은 무공은 처졌지만 사이한 술법을 사용해 연운비로서는 두 명을 감당할 수 없을 정도였다.

간혹 부적술을 사용하는 술사도 있었지만 그들 역시도 전진과는 궤를 달리하는 사람의 피를 이용하는 부적술이었다.

"이리로 오시면 됩니다."

화산파 정문을 지나 본관으로 들어서자 연무관 한편에서 기본적인 수련을 하고 있는 평제자들이 눈에 들어왔다.

강호상에도 퍼져 있는 매화검이었다.

그러나 평제자들이 수련하는 매화검은 강호의 삼류무사들이 펼치는 것과는 그들의 전신에서 뿜어져 나오는 열기부터가 달랐다.

모두가 알고 있는 무공이라고 해서 다 같은 무공은 아니다. 받아들이는 사람에 따라 얼마든지 다른 결과가 나올 수 있고, 그것을 증명한 이가 바로 창왕 벽리극이었다.

　중소문파에 불과한 은성보(銀城堡)에서 말단제자조차 알고 있는 유성창법(流星槍法)으로 결국 최절정의 경지에 이르러 오왕이라 불리게 된 무인.

　일권진천(一拳震天) 굳건한 주먹은 하늘을 뒤흔들고,
　신창추풍(神槍秋風) 가을의 바람은 신창의 기운을 드높이니,
　유성혈화(流星血花) 유성이 떨어진 곳에는 붉은 꽃잎만이 나부낀다.
　일수탈명(一手奪命) 어둠 속에서 그들의 무공은 천하를 위시하고,
　반보혈로(半步血路) 피의 길을 넘어 반보를 내딛으니,
　도명만리(刀銘萬里) 그들의 의기는 도명을 타고 마음을 적신다.

　아직도 호사가들 사이에서 회자되고 있는 그것은 암천회와 정면으로 맞섰던 여섯 무인에 대한 이야기였다.
　"연 소협."
　유사하가 평제자들이 수련하는 모습을 바라보고 있는 연운비를 슬며시 불렀다.
　아무리 비전무공을 연마하는 것이 아니라 하지만 어찌 되었든 타문파 제자들의 연공을 보는 것은 금기시 되는 일이다.
　"상관없습니다. 이곳은 평제자들뿐만 아니라 누구에게나 개방되어 있는 연무관이니까요."
　그런 유사하를 보며 장년 도인이 미소를 머금었다.
　이 연무관이 개방되어 있는 장소가 아니었다면 장년 도인이 두 사람

을 이곳으로 데려오지도 않았을 것이리라.

"한데 장문인께서는 저를 왜 보자고 하신 것인지 그 이유를 알 수 있겠습니까?"

"전서를 통해 사천의 소식을 대략적으로 들었지만 아무래도 직접 듣고 싶으신 모양입니다."

"그렇군요."

"거의 다 왔습니다. 바로 저곳입니다."

장년인이 가리킨 곳은 제법 커다란 도관이었다.

'평성관(平惺觀)이라……'

연운비는 도관 한편에 걸린 간판을 보았다.

곤륜과는 전혀 다른 모습. 곤륜산 그 어디를 뒤져 보아도 이런 웅장한 도관은 없다.

화산의 도인들에게서 느껴지는 강인한 기도 역시 구도(求道)에 전념하는 도인들과는 확연히 다르다. 그리고 그것이 바로 화산파라는 강호의 문파였다.

"죄송하지만 유 소저는 이곳에서 기다리셔야 할 것 같습니다."

"그렇게 할게요."

"혹여 오래 걸릴지도 모르니 차라도 한잔하시는 것이 어떻습니까?"

"예, 좋아요."

유사하는 순순히 장년 도인을 따라 걸음을 옮겼다. 그 모습을 지켜보던 연운비도 천천히 도관 안으로 발을 내딛었다.

쪼르륵…….

그윽한 향이 찻잔에서 풍겨 나왔다.

다도(茶道)에 정통한 것은 아니지만, 연운비는 그 향기만으로도 쉬이 구할 수 없는 차라는 사실을 느낄 수 있었다.

"들게."

"예."

한 모금을 들이키자, 절로 탄성이 흘러나왔다.

기회가 닿아 황산 모봉차(毛峰茶) 절강 용정차(龍井茶)를 음미할 수 있었지만, 결코 그에 못지않았다.

용정차나 모봉차가 부드럽고 그 향이 독특해 강남 사람들이 즐긴다면 그와는 반대로 이 차에서는 깊은 맛과 향이 우러나왔다.

"차 이름이 무엇인지 여쭈어봐도 되겠습니까?"

"대홍포(大紅袍)라고 하네. 무이산(武夷山) 협곡 깊은 바위틈에서만 자란다고 하더군."

당대 화산장문인 청허 진인(淸虛眞人).

외관상 보이는 그의 모습은 화산의 강인한 기도와는 좀처럼 어울리지 않는 허허로운 모습이었다. 그러나 그런 허허로운 모습과는 다르게 그 눈빛만큼은 지극히 깊어 연운비로서도 오랜 시간을 마주볼 수 없을 정도였다.

"직접 본 화산이 풍경은 어떻던가?"

"……."

연운비는 일순간 대답을 하지 못했다.

화산의 정기는 강인함을 그 근간으로 한다.

거암(巨巖)이라는 말이 어울릴 정도로 산 전체가 바위로 이루어져 있으니 그 기상조차 강인하다.

그러나 청허 진인에게서는 조금도 그와 비슷한 분위기를 찾아볼 수 없었다.

마치 드넓은 평야를 보는 듯한 넉넉함.

중용(中庸)의 도.

어쩌면 그것이 원로들이 만장일치로 청허 진인을 장문인으로 선택한 이유가 아닐까?

"허허, 아직 다 둘러보지 못한 모양이군."

"예……."

"더 들게."

"아닙니다, 이 정도면 충분합니다."

연운비가 찻잔을 내려놓으며 사양했다.

"운산 도인께서는 등선하셨다고 들었네."

"예. 지난해 겨울에……."

연운비의 얼굴에 아련함이 스치고 지나갔다.

그러고 보니 벌써 스승님께서 등선하신 지도 일 년이 넘는 시간이 흘렀다.

아직도 스승님께서 마지막 남기신 유언이 잊혀지지가 않았다. 그리고 그 유언을 지켜야 하는 것이 대사형인 자신의 몫이었다.

"하필이면 이런 시기에… 그래, 사천의 상황은 어떠한가?"

"저도 자세한 것은 알지 못합니다. 제가 알고 있는 것은……."

연운비는 알고 있는 사실을 늘어놓았다.

대부분이 사천 근황에 대한 전황이었지만 그중에는 권왕의 이야기도 있었고, 마곡에 관한 이야기도 있었다.

그리고…

그 안에는 그 누구보다 당당했던 화산의 젊은 검수에 대한 비사(秘

事)도 들어 있었다.

"허허, 그랬구먼."

청허 진인이 허허로운 탄식을 흘렸다.

제자를 두지 않았던 탓일까?

그 누구보다 막이랑을 아끼던 청허 진인이다. 그의 표정에는 그의 마음이 묻어 나오고 있었다.

"이것은 막 소협이 남긴 유품입니다."

연운비는 허리에 차고 있던 검을 풀어놓았다.

"일개 검일 뿐이거늘……."

마지막 순간까지 검을 손에서 놓지 않았던 막이랑의 이야기에 청허 진인의 눈가에 결국 물기가 맺혔다.

"선청하라는 소저를 만나볼 수 있겠습니까?"

"무슨 이유인가?"

"이 검을 건네주고 싶습니다."

막이랑이 그것을 원하였는지 그렇지 않았는지는 알 수 없었다. 그러나 연운비는 막이랑이 그것을 원한다고 생각하였고, 그래야 한다고 생각했다.

"목현은 거기 있느냐?"

"제자, 여기 있습니다."

문밖에서 중후한 목소리가 흘러나왔다. 방으로 들어서며 얼핏 보았던 장년 도인인 듯싶었다.

"연 소협을 자무관(紫武觀)으로 안내해 주거라."

"알겠습니다."

"덕분에 많은 이야기를 들었네. 화산에 머무르는 동안 편히 쉬었다가게나."

"배려에 감사드립니다."

연운비는 정중히 포권을 취한 후 자리에서 일어났다.

'허어, 신검이라… 곤륜이 좋은 인재를 길러내었구나.'

청허 진인은 문을 닫고 나가는 연운비의 뒷모습을 보며 지그시 눈을 감았다.

구파 중 하나라고는 하지만 고작해야 변방의 오지에 있는 문파. 그런 문파에서 어찌 인재는 이리도 많이 배출한단 말인가? 백여 년 전에도 그랬고, 삼십여 년 전에도 그랬다.

화산 역시 그에 처지는 것은 아니었다.

매화검수. 그들이 지닌 무게감은 구파를 통틀어 으뜸이다.

오직 소림의 십팔나한(十八羅漢)이나 무당의 칠성검수(七星劍手)만이 그들과 비견될 뿐이다.

막이랑이 화산파 후기지수 중 가장 강한 것은 분명하였지만, 다른 매화검수들과 그 차이가 그렇게까지 큰 것은 아니었다. 아무리 막이랑이라 한들 두 명의 매화검수를 상대로는 필승을 자신할 수 없다. 그런 이들이 무려 스물이 넘으니 화산의 전력을 소림과 함께 구파 중 제일이라 칭하는 것이다.

"이곳이 자무관입니다."

목현 도인을 따라 굽이진 길을 따라 한참을 걸은 연운비는 매화나무 사이에 자리잡은 그다지 크지 않은 연무관에 도착했다.

"이곳은……."

연운비가 의아한 표정으로 사방을 둘러보았다.

아무리 보아도 근처에 도관이라고는 보이지 않았다. 저 왼편 멀리 조그만 전각이 보이기는 했지만, 그 도관이 자무관이었다면 목현 도인이 이곳으로 데려왔을 리 없었다.

"하하, 보통 자무관이라 하면 연 도우처럼 생각하시는 분들이 많지요. 자무관이라 함은 본 파의 여제자들이 수련하는 곳입니다."

"아……."

그제야 연운비가 이해가 간다는 표정으로 고개를 끄덕였다.

"이리로 오시지요."

"제가 들어가도 되겠습니까?"

여제자들이 수련하는 연무관이라면 금남(禁男)의 구역이나 다름없는 곳. 거리낌이 있는 것이 당연했다.

"장문인께서 허락하신 일입니다."

목현 도인이 단호한 태도로 말했다.

화산의 모든 대소사는 장문인의 결정에 의해 내려진다. 원로원이 있다 하지만 그저 조언하는 정도에 불과하다. 그것이 화산과 구파에 속한 다른 문파와의 차이점이라고도 할 수 있었다.

"하면 저 때문에 괜히 폐가……."

"아닙니다. 어차피 오후 수련이 끝나갈 시간이었습니다."

저벅저벅―

연무관으로 들어서자 근처에 삼삼오오 모여 있던 여제자들의 시선이 일시에 연운비에게 향했다.

대부분이 이제 봉우리가 피기 시작하는 어린 소녀들이었지만 사저뻘이 되는 듯 그중에는 제법 나이가 들어 보이는 여인들도 있었다.

"어머, 저 사람인가 봐?"

"사저들 또래로밖에는 보이지 않는데?"

"여홍이 너 제대로 들은 것 맞아?"

그녀들 역시 곤륜의 신검이 화산파에 왔다는 소식을 들은 듯 연운비를 살피기에 여념이 없었다.

일협이라 불리는 연운비는 뭇 천하검수들의 우상이나 다름없는 존재였다. 그녀들 역시 검사를 꿈꾸는 어엿한 무인들로서 연운비에 대해 궁금하지 않을 수 없었다.

"생긴 것은 전 사형이나 호 사형이 나은데?"

"응. 그래도 나름대로 멋지지 않니?"

"호호, 이것이 눈에 단단히 콩깍지가 쓰였구나."

소곤대던 목소리는 점차 커져 멀리 떨어져 있는 연운비에게까지 들려왔다.

"죄송합니다."

목현 도인이 붉어진 얼굴로 고개를 들지 못하고 말했다.

내심 연운비가 돌아가고 나면 단단히 혼을 내어주려는 듯 목현 도인의 인상이 살짝 찌푸려졌다.

수많은 무인들이 비무나 혹은 여러 가지 이유로 방문하는 화산이다. 평소 구룡이나 명망있는 고수들이 산을 올라와도 웬만해서는 이런 일이 일어나지 않았기에 아무 생각 없이 온 것인데 이런 사단이 날 줄을 몰랐다.

분명 외부인이 온다는 전갈을 일렀음에도 자무관에서 수련하던 모든 제자들이 그대로 연무관에 남아 있는 듯싶었다. 더욱이 한술 더 떠 목현 도인과 같은 배분이라 할 수 있는 일대제자들도 적지 않게 눈에 들어왔다.

"아직 어린 제자들이니 이해를 해주시기 바랍니다."

"무슨 일이 있었습니까?"

연운비는 아무 소리도 듣지 못한 양 담담한 표정으로 반문했다.

"청하는 이리 오너라."

"사형, 부르셨어요."

여제자들 사이에서 백색 무복에 자색 요대(腰帶)를 두른 이십대 초반 정도의 여인이 걸어나왔다. 단아해 보이는 용모였지만 그것을 제외한다면 이렇다 할 특징이 없는 평범한 평제자였다.

"인사드려라, 곤륜의 연 소협이라 한다."

"반갑습니다, 선청하라고 해요."

'이 소저가……'

연운비의 눈가에 파문이 일었다.

마음속에 빚으로 자리잡았던 사내. 누구보다 당당했던 그가 사모하던 여인에게 그의 죽음을 알려야 한다는 사실이 이리도 원망스러울 수가 없었다.

"죄송합니다. 잠시 다른 생각을… 곤륜의 연운비라고 합니다."

연 소협이 마주 고개를 숙였다.

"말씀은 많이 들었어요. 신검이라고 불리시지요?"

선청하라 불리운 여인이 환하게 미소를 지으며 인사를 건넸다.

'그렇구나. 그래서……'

청아할 정도로 환한 미소. 그 미소를 본 연운비는 어째서 막이랑이 이 소저를 가슴속 깊이 그토록 연모하였는지 조금은 그 이유를 알 것 같았다.

"그렇게 부르기도 한다고 들었습니다."

"한데 어째서 저를……."

"이것을 전해드리기 위해서입니다."

연운비는 허리춤의 검을 풀어 내밀었다.

"이것이 무엇인지……."

"막 소협이 쓰시던 검입니다."

"예?"

선청하는 무슨 소리인지 영문을 모르겠다는 표정으로 연운비를 바라보았다.

'설마…….'

쿵—!

그 모습을 본 연운비의 마음이 무겁게 가라앉았다.

'모르고 있었던 것인가?'

선청하라는 소저는 막이랑이 자신을 연모하고 있었다는 사실을 전혀 모르고 있었던 양 영문을 몰라 하는 표정이었다.

'어찌해야 하는가?'

연운비는 고민에 빠졌다.

누군가를 좋아하고 있다는 마음을 숨기기는 힘들다. 그녀를 연모하고 있다는 막이랑의 말에 그녀 역시 어느 정도 그 마음을 알고 있다고 생각했다. 그랬기에 막이랑의 검을 전해줄 생각을 가졌던 것이지, 그렇지 않았다면 화산에 발걸음을 하지도 않았을 것이리라.

그러나 지금 보는 선청하의 태도는 그런 막이랑의 마음을 전혀 모르고 있었던 듯싶었다.

'후우…….'

한숨만이 흘러나왔다. 마음 같아서는 모든 사실을 털어놓고 싶었지만 그것은 남아 있는 사람에게 너무 가혹한 짐을 지우는 일이라 할 수 있었다.

'막 형… 죄송합니다.'

연운비는 결국 내밀었던 검을 거두어들였다.

진정으로 막이랑이 원하는 것.

그것은 지금처럼 그녀의 입가에서 청아한 미소가 지워지지 않는 것이 아니었을까?

'막 형도 제 행동을 탓하지는 않겠지요?'

그렇게 생각하자 조금은 마음이 편해졌다.

"아닙니다. 제가 착각을 했습니다. 뭔가 오해가 있었던 듯하군요."

연운비는 애써 미소를 지으며 말했다. 그러나 가슴이 시린 것만은 어쩔 수 없었다.

그 순간 여기저기에서 웅성거림이 일었다.

"웅?"

조금은 소란스러운 분위기에 고개를 돌린 목현 도인은 연무장 입구에 들어서는 청색 무복을 걸친 몇 명의 인영을 볼 수 있었다.

은은한 순백의 매화가 수놓아져 있는 청의무복. 그들이 바로 화산의 자존심을 대변하는 매화검수들이었다.

"너희들이 웬일이냐?"

"목현 사형을 뵙습니다."

인영들은 일제히 목현 도인을 향해 고개를 숙였다.

장문제자(長門弟子). 매화검수와는 또 다른 의미에서 화산을 이끌어 갈 기둥. 그를 대하는 그들의 자세는 공손하기 이를 데 없다.

"그저 지나가는 길에……."

나이가 제일 많아 보이는 듯한 사내가 멋쩍은 표정으로 대답했다.

"왜? 누구 마음에 두고 있는 소저라도 있더냐?"

목현 도인이 혀를 차며 말했다.

"사, 사형……!"

"쯧쯧. 사제들을 말려도 시원치 않을 입장인 네가 선동을 하다니, 사숙께서 아시면 어찌하려고 그러느냐."

"죄송합니다."

사내는 머리를 긁으며 목현 도인의 눈치를 살폈다. 그러나 크게 화난 기색이 보이지 않자, 마음을 놓는 모습을 보였다.

'이것이 화산이구나.'

연운비는 내심 감탄을 흘렸다.

비록 막이랑만큼은 아니라 하지만 모두에게서 느껴지는 기도가 범상치 않다.

듣기로는 매화검수는 스무 명이 넘는다 하였거늘, 과연 화산이라는 탄식이 절로 나올 정도였다.

"목현 사형 이분이……."

유일하게 홍일점인 시원한 이목구비의 여인이 물었다.

화산의 검법은 다른 문파의 무공들에 비하여 여인들이 익히기가 수월하다.

그런 이유 때문이지 강호에 협명을 드날리는 여고수들 중에는 화산파 출신이 적지 않았다. 아미와 보타암을 제외한다면 가장 많은 문도 수를 자랑하기도 하였다.

대부분이 속가무문이나 태생부터 무가(武家)의 여식들 대부분이었지만 간혹 속가제자에서 매화검수가 되기도 하였다. 그녀 역시 속가제자로 입문하여 매화검수가 된 장본인이었다.

"곤륜에서 오신 연 소협이다."

"그렇군요."

매화검수들은 모두 눈초리를 빛내며 연운비를 바라보았다.

신검이라는 자격을 얻은 무인. 그에 대해 궁금하지 않다면 그것이 거짓이리라.

그러나 자세히 훑어보아도 이렇다 할 특별한 점을 찾지 못하자 조금은 실망한 기색을 보였다.

'쯧쯧, 아직 멀었구나!'

목현 도인이 혀를 차며 그들의 행동을 탓했다.

무엇을 보고자 함인가?

겉모습만을 보려 한다면 분칠을 한 유곽의 기생들을 보러 가는 것이 나았다.

"실례가 되지 않는다면 한 수 가르침을 받을 수 있겠습니까?"

그들 중 유난히 호승심이 강한 곽부양이 정중히 포권을 취하며 물었다.

속가무문 중 한곳인 단계검문(丹溪劍門)의 제자인 곽부양은 동생에게 소문주의 자리를 물려주고 화산에 오른 무공광이었다. 매화검수 중에서도 몇 손가락 안에 드는 무인이기도 하였다.

"곽 사제!"

목현 도인이 큰 소리로 외쳤다.

비록 비슷한 배분의 일대제자라고 하지만, 강호상에 퍼져 있는 연운비의 위명을 생각한다면 장로들조차 함부로 대할 수 없는 것이 바로 일협이라는 무인. 이 같은 행동은 실로 큰 무례가 될 수도 있었다.

"괜찮습니다. 장소는 어디가 좋겠습니까?"

마음이 심란한 연운비였지만 곽부양의 비무 신청을 거절하지는 않았다.

이렇게 해서라도 막이랑과 비무를 했던 기억을 떠올릴 수 있으면 그것으로 족했다.

"마침 이곳이 연무관이니 좋겠군요."

목현 도인의 따가운 눈초리를 무시하며 곽부양은 그나마 사람이 모여 있지 않은 한적한 곳을 가리켰다.

"그러도록 하지요."

연운비는 먼저 성큼 그리로 걸음을 옮겼다.

그 모습을 본 목현 도인이 적잖게 놀라는 모습을 보였다. 불과 몇 마디 말을 나눠본 것에 불과했지만 저렇게 직설적인 성격과는 도무지 거리가 멀게만 느껴졌기 때문이다.

"화산의 제자 곽부양이 곤륜의 연 소협께 정식으로 비무를 신청합니다."

곽부양의 검끝이 바닥을 가리켰다.

그것은 화산의 검수들이 상대에게 비무를 청할 때 취하는 그들만의 행동이었으며 매화검수들만이 사용할 수 있는 전통이기도 하였다.

'막 형……'

너무나도 익숙한 그 행동에 일순간 연운비의 가슴속이 뭉클해졌다.

"곤륜의 연운비, 비무에 응합니다."

연운비는 격양된 마음을 추스르며 마주 포권을 취하고 검을 세웠다.

"그럼!"

쇄아아아악!

곽부양이 택한 것은 변검에 의한 선공이었다. 상대는 이미 후기지수라는 껍질을 벗어 던진 무인. 강호가 인정한 고수이다. 처음부터 전력을 다하지 않는다면 승산은 전무했다.

챙! 챙! 채채챙!

화산의 검공. 구궁반천검(九宮反天劍)이 펼쳐졌다.

매화검수라 하여 모두가 같은 검법을 익히고 있는 것은 아니다. 분명 이십사수매화검법(二十四手梅花劍法)이나 칠절매화검(七絕梅花劍)을 익히고 있는 무인이 많은 것은 사실이었지만 곽부양이 택한 것은 단단한 그의 체구와 어울리는 중검(重劍) 구궁반천검이었다.

일 검 일 검이 위력적이다.

검을 마주 대하며 연운비는 그 위력에 놀라지 않을 수 없었다. 막이랑이 보여주었던 쾌검과는 궤를 달리하는 검법이었다.

'그와는 다른 것인가…….'

조금은 아쉬운 기분이 들었다.

평소였다면 새로운 검법을 볼 수 있다는 기대감에 희열이 일었겠지만, 지금은 그보다 아쉬움이 더했다.

일기횡강(一氣橫江).

강함에 강함으로 맞선다. 신화를 이어가는 상청무상검도의 또 하나의 초식은 그렇게 화산에서 모습을 드러냈다.

콰쾅—!

거센 충돌음과 함께 곽부양의 신형이 크게 휘청이며 뒤로 물러났다.

"크윽……."

그 충격이 적지 않았던 듯 곽부양의 안색이 창백하게 변했다.

"제가 본 화산의 검법은… 이런 것이 아니었습니다. 이것이 전부입

니까?'

전력을 끌어내려 함인가?

연운비는 조금은 도발적인 말투로 일갈을 내질렀다.

"파하!"

매화검수. 그들의 자존심은 말로는 설명할 수 없는 것이다. 이런 말을 듣고도 참고만 있다면 지금의 매화검수는 존재할 수 없었다. 곽부양이 기합성을 내지르며 재차 쇄도했다.

쩡! 쩌쩡!

둔탁한 소리. 기교와 기교가 아닌 힘과 힘의 충돌이다.

막이랑을 제외한다면 능히 구룡에 속했을 이가 바로 곽부양이다. 실제로 그럴 만한 실력을 지니고 있었고, 드러내지 않았다 뿐이지 막이랑을 제외한다면 매화검수 중 발군이라 해도 과언이 아닌 무인이 그였다.

'저 정도였던가?'

그 모습을 보는 다른 매화검수들의 가슴속에 파문이 일었다.

어느 정도 실력을 감추고 있을 것이라는 생각은 했지만 지금 보이는 곽부양의 무위는 그들이 생각했던 것 이상이었다.

그러나 그 실력으로도 상대를 어찌할 수는 없었는지 연운비는 처음 그 자리에서 한 걸음도 움직이지 않고 있었다.

'여기까지이다.'

연운비는 내공을 끌어올렸다.

지금까지는 거의 내공을 사용하지 않고 비무를 이어갔지만 이런 상태가 계속된다면 그것이 상대에게 모욕이 될 수도 있다는 것을 알았기에 비무를 끝내기로 마음먹은 것이다.

단설참(斷雪斬)!

신랄하면서도 현묘한 검의 기운이 곽부양의 검세를 뚫으며 그의 목젖에 닿았다. 검끝은 더도 덜도 아닌 정확히 목젖의 반 치 앞에 멈춰져 있었다.

"졌습니다."

곽부양이 조금은 허망한 표정으로 검을 떨구었다.

벅찰 것이라는 생각은 하였지만 그 차이가 이 정도일 것이라고는 생각지 못했다.

'좋은 공부가 되었을 것이다.'

목현 도인은 그 모습을 보며 오히려 미소를 머금었다.

당장은 절망감에 빠질지 몰라도 시간이 지나면 지금 그 벽이 더할 나위 없이 큰 도움이 되리라.

목현 도인 역시 연운비와 검을 맞대고 싶지 않은 것은 아니다. 그러나 장문제자라는 그의 자리가 그것을 망설이게 하고 있었다.

'어째서 사백께서 화산을 내려가셨는지 그 이유를 알겠구나.'

화산검성. 차기 장문인으로 지목되었던 청운 진인이 장문인이 되지 못한 것은 장로들의 반대에도 불구하고 한 자루의 검을 들고 암천회에 맞서기 위해 산을 내려갔기 때문이었다.

"그대가 곤륜에서 왔다는 소협인가?"

그 순간 장내에 있는 이들의 귀에 육중한 음성이 울려 퍼졌다.

실로 지척 거리에서 들려온 음성에 모두의 시선이 한곳으로 집중되었다.

그곳에서는 낡은 도복을 걸친 장년 도인이 걸어오고 있었다.

'누군가?'

연운비의 표정이 살짝 굳어졌다.

아무리 비무 도중이었다고는 하지만 이 정도의 거리까지 근접해 있었는데 그 기운을 알아차리지 못했다는 것은 있을 수 없는 일이다. 더욱이 최근 수많은 전투를 치르며 누구보다 감각이 예민해져 있는 연운비였다.

"사형을 뵙습니다."

목현 도인이 정중히 고개를 숙였다.

조금 이상한 것은 목현 도인과는 다르게 매화검수들이 목례를 취하는 정도로 그쳤다는 사실이었다.

무공이 강하지 않다고 해서 이런 태도를 보이는 것은 아니다. 단지… 아무 능력도 없음에도 도호를 받았다는 사실이 화산 제자들이 그를 배척하는 이유였다.

그러나 장년 도인은 그런 매화검수들의 태도를 거들떠보지도 않으며 연운비에게 다가왔다.

"이랑이의 검을 가지고 왔다는 것이 사실인가?"

"누구신지……."

연운비는 대답을 하면서도 장년 도인의 얼굴에서 눈을 떼지 못했다.

실로 기이한 일.

비슷하게도 생기지 않았건만 자꾸 눈앞의 장년 도인이 이상하게도 막이랑과 연관이 되어 보였다.

'쓸데없는 생각은 하지 말자. 이제는 미련을 버려야 할 때이다.'

연운비는 한차례 고개를 흔들었다.

그를 기억하고 가슴속에 묻어두는 것은 좋았지만 그것을 넘어서면 집착이 되어버렸다. 그것은 막이랑으로서도 원하지 않는 일일 것이리라.

"이랑이의 검을 가지고 왔는지를 물었네."

"그렇습니다만······."

"볼 수 있겠나?"

"먼저 무슨 관계인지를 알고 싶습니다."

"형이네. 사형이기도 하고."

장년 도인은 다름 아닌 막중명. 지난 두 달 동안 연무동에 들어가 있던 그는 수척하다고 해도 과언이 아닐 정도로 몰라보게 말라 있었다. 그러나 눈빛에서만큼은 형형한 기운이 감돌았다.

쿵!

연운비의 심장이 거세가 뛰기 시작했다.

'형이 있었던가?'

그런 소리를 듣지 못했다.

운남행에 참가하면서 막이랑과 흩어지게 되었고, 다시 만나게 된 것은 칠마를 추격하면서부터였다.

그다지 많은 이야기를 나눌 수 없었고, 그나마 대부분의 이야기가 검에 관련된 것들이었다. 유일하게 들은 이야기라면 스치듯 말해준 선청하라는 소저가 전부였다.

"자네가 그 검을 왜 들고 있는가?"

그 순간 연운비가 들고 있는 검을 본 장년 도인의 기세가 바뀌었다. 그것은 분명 막이랑이 사용하던 매화검이었다. 장문인에게서 그 검을 받았을 때 누구보다 기뻐하던 동생이었기에 한눈에 알아볼 수 있었다.

"그것은······."

"왜 들고 있는지를 물었네."

좌중을 압도하던 기세. 이것은 낙척도인이라 불린 그들이 알던 막중명의 모습이 아니었다.

"목우 사형, 그것은……."

"네가 낄 자리가 아니다."

막중명이 목현 도인의 말을 끊으며 기세를 일으켰다.

그러자 한줄기 강한 기운이 목현 도인에게 몰아쳤다. 내공을 끌어올려 그 기운에 대항해 보지만 역부족이다. 목현 도인이 대여섯 걸음을 뒤로 물러난 후에야 간신히 신형을 바로 세웠다.

그 모습을 본 화산 제자들 사이에 파문이 일었다.

매화검수가 되지 않았다 뿐이지, 목현 도인의 무위는 매화검수는커녕 장로들과 엇비슷한 수준이라 해도 과언이 아니었다. 비록 불식간이라고는 하지만 그런 목현 도인이 변변한 저항조차 하지 못하고 밀려나는 모습은 큰 충격이 아닐 수 없었다.

"막 형에게서 받았습니다."

"받았다고? 믿지 못한다. 죽더라도 다른 사람에게 그 검을 넘겨줄 녀석이 아니다."

"그것은 막 형만이 알고 있을 일입니다."

연운비는 조금도 물러서지 않은 채 당당히 대답했다.

분명 막이랑이 직접 이 검을 건네준 것은 아니었지만, 막이랑 역시 그것을 원한다고 생각했다. 그것이 같은 길을 걷는 검우(劍友)로서 해줄 수 있는 유일한 길이었다.

"그럼 그럴 자격이 있는지를 보겠다."

막중명이 검을 빼 들었다.

"오라!"

서릿발과 같은 기세. 전신을 거미줄처럼 옭아매는 기세에 연운비는 내공을 끌어올렸다.

"이 검을… 사용할 자격이 있음을 보여드리겠습니다."

연운비의 표정이 진중하게 변했다.

최선을 다하겠다는 의지가 그의 기세에서 묻어 나왔다. 상대의 무공이 자신보다 강하든 터무니없이 약하든 개의치 않는다. 지금 이 순간 연운비가 보여주고자 하는 것은 검을 사용함에 있어 부끄럽지 않다는 그 마음을 보여주려 하는 것이다.

상청무상검도(上淸無上劍道)!

신비스러운 곤륜의 절학. 일대절학이라 불리기에 손색이 없는 것은 그것을 펼치는 이가 연운비라는 사실 때문이다.

삼류검공이라 하여도 그 검공에 담긴 마음이 진실 되었다면 그것이 곧 상승의 검공이다.

쩡!

기파가 검을 타고 뻗어 나왔다.

일자결(一字決).

정면으로 부딪친다. 그것은 당당함을 근간으로 삼는 곤륜의 무학과 가장 잘 어울리는 초식이기도 하였다.

콰콰쾅!

부딪침이 일었고, 물러섬이 있었다. 놀랍게도 물러선 이는 연운비였다.

변검(變劍)이라는 말을 사용할 정도로 화산의 검은 환(幻)과 쾌(快)를 그 중심으로 한다. 그러나 막중명의 검세는 극히 강인한 기운을 내뿜고 있었다.

"이 정도로는 자격이 없다."

막중명이 싸늘한 일갈을 내질렀다. 그 일갈에 담긴 뜻을 알았기에 연운비는 재차 신형을 날렸다.

만월파(滿月波)!

지닌 모든 것을 보여준다. 장중한 검의 기운이 막중명을 압박해 들어갔다.

콰콰콰콰쾅—!

실로 엄청난 충돌음. 대체 몇 번의 충돌이 있던 것인가. 두 사람이 서 있던 자리가 완전히 폐허가 되었다.

"큭……."

"흐윽……."

누가 먼저랄 것도 없이 두 사람의 입에서 신음성이 흘러나왔다. 그 만큼 이번 충돌에서 얻은 충격이 두 사람 모두 심각했다는 것이다.

말려야 했다. 비록 두 사람에 근접한 경지는 아니라고 하지만 목현 도인은 그것을 느낄 수 있었다. 그러나 목현 도인으로서는 그럴 능력이 되지 않았다. 지금 끼어든다면 두 사람이 내뿜는 검세에 전신이 난자당할 수도 있었다.

"자격이 있고 없음을 결정하는 것은 저희가 아닙니다."

"틀렸다. 적어도 나에게는 그 자격이 있다. 그러니 그 자격을 보여라."

또다시 기세가 바뀌었다. 지금까지의 기세가 좌중을 압도하는 기세였다면 지금은 짓누르는 듯한 기세다.

"오라!"

'목우 사형…….'

향기가 묻어 나올 것만 같았던 미소. 누구보다 그 미소를 좋아했던 목현 도인으로서는 한 번도 보지 못한 막중명의 저런 모습에 가슴이 저려왔다.

막이랑이 죽었다는 소리에 얼마나 가슴을 아파했던가.

이 자리에 있는 사람 중 막중명이 검을 놓은 이유가 막이랑 때문이라는 사실을 알고 있는 이유는 목현 도인이 유일했다.

'사백께서도 없으신 마당에……'

화산검성 청운 진인이 없는 이상, 누가 온다 하여도 지금의 막중명은 말릴 수 없다.

콰콰콰콰쾅─!

지축을 뒤흔드는 진동과 그 뒤를 잇는 충격파.

막중명의 기세는 흡사 권왕 위지악을 보는 듯 화산의 무인답지 않게 지극히 패도적이었다.

그러나 연운비는 이해할 수 없게도 그런 막중명의 검세가 어딘지 모르게 막이랑과 비슷하다는 느낌을 떨칠 수 없었다. 그것은 언제나 화산의 무인임을 자랑스러워했던 드높은 자존심. 그 자존심이 막중명에게서 느껴졌기 때문이다.

"어떻게 저런……"

곽부양의 전신이 떨려왔다.

직접 연운비와 부딪쳐 본 그였다. 누구보다 연운비가 강하다는 사실을 알고 있다. 한데 그간 그토록 멸시해 온 막중명이 신검에 비해 전혀 처지지 않는 실력을 지니고 있다는 것은 실로 믿을 수 없는 일이었다.

쩌엉─!

무엇을 보려주려 함인가.

무엇이 그들의 가슴에 불을 지핀 것인가.

두 무인이 이렇듯 전력을 다해 상대에게 맞서가는 것은 무슨 이유 때문인가.

그들의 전신에서 뿜어내는 열기는 더할 나위 없이 뜨겁다. 그리고 그 열기에 상응할 만한 외침이 사방에서 터져 나오고 있었다.

"제대로 해보지."

막중명의 전신에서 느껴지는 기세가 고요해졌다.

파르르릇—!

막중명의 검끝이 떨리며 검의 잔영이 늘어났다. 그것은 이십사수매화검법과 함께 화산을 대표하는 칠절매화검(七絶梅花劍)의 한 초식인 신산지화(辛酸之花)였다.

그러나 부드러우면서 화려해야 할 신산지화의 초식은 부드러움 대신 날카로움이 깃들어 있었다.

매영난세(梅影亂世), 낙매여우(落梅如雨).

연이어 펼쳐지는 칠절매화검은 분명 화산의 기운은 스며들어 있었지만 위력면에서 판이했다.

'이것이 화산이구나!'

드높고도 드높다.

한 초식을 펼침에도 그 초식 안에는 그들의 자부심이 들어가 있다. 그렇게 화산의 정기는 북풍의 차가운 한기 속에서 더욱 그 빛을 발했다.

노도와 같이 밀려오는 막대한 검세를 막기 위해 연운비는 천리무애(千里無碍)의 초식을 펼쳤다.

"검막!"

"저럴 수가!"

여기저기서 탄성이 터져 나왔다.

비록 검강이나 검환에는 미치지 못했지만 검사라면 누구나 꿈꾸는 경지 중에 하나가 바로 검막이다.

이미 승패를 논하는 경지는 떠났다.

두 사람이 펼치고 있는 것은 가진 모든 것을 보여주고자 하는 무인으로서의 의지였다.

검로유유(劍路柔柔)!

검의 길은 끝이 없으니 그 기세는 부드러우면서도 굳세고, 굳세면서도 부드럽다.

연운비는 익히고 있는 초식 중 절초를 펼쳤고, 그에 맞서 막중명 역시 칠절매화검의 마지막 초식을 사용했다.

숨죽이고 있던 풍룡(風龍)의 외침.

그것은 후일 남도북검(南刀北劍) 동마서협(東魔西俠) 중권(中拳)이라 불리며, 이패, 삼검, 오왕의 뒤를 잇는 다섯 무인의 탄생의 시작을 알리는 시발점이었다.

*   *   *

화르르르—!

어둠 속에서 한줄기 불꽃이 솟구쳤다. 전서가 재가 되어 사라지며 다시 깊은 어둠이 찾아왔다.

"흐으......"

분명히 아무도 존재하지 않건만 어둠 속에서는 음산한 목소리가 흘러나왔다.

"은신을 푼다. 목표가 바뀌었다."

음산한 목소리가 다시 흘러나오는 것과 동시에 장내에는 이십 인의 흑영이 모습을 드러냈다.

"흐으… 재미있게 되었군."

귀혼추살대(鬼魂追殺隊).

유령문의 살수. 그러나 그들은 일반 살수들하고는 달랐다.

단지 살수들이 모여 있다고 해서 문파라고까지 하지는 않는다. 그저 살수들의 집단일 뿐이다. 그러나 유령문은 문파라 불리고 있었다. 그 것이 보통 문파들과 유령문의 차이였다. 그것을 가능하게 해준 것이 바로 귀혼추살대였다.

그런 귀혼추살대의 대주인 야이한은 태상호법인 야이목풍보다 몇 배는 더 뛰어난 살수였다. 나이가 들수록 무공은 높아질지 모르나 살 수로서의 감은 떨어지기 마련이었다. 불혹을 전후해서 그것은 더욱 심 화되었다.

펄럭—

야이한은 지도를 펼쳤다.

지도에는 몇 개의 점이 찍혀져 있었다. 그것은 중원의 지도로 유령 문이 수십 년이라는 시간을 투자해 만들어낸 지도였다.

"흐으… 이곳이 좋겠군."

야이한은 다시 지도를 품속에 넣었다.

목표의 이동 경로는 이미 파악되어 있었다. 남은 것은 적절한 은신 지점을 찾아 목표를 척살하는 것.

귀혼추살대 이십여 명이라면 설령 삼검이나 오왕이라 하더라도 죽음을 피할 수 없다. 더욱이 상대에게는 짐이 딸려 있었다. 그 짐은 상대를 절망의 구렁텅이로 빠져들게 할 것이리라.

그렇게 화산검성 청운 진인을 암습하기 위해 은신 중이던 야이한과 귀혼추살대 살수 스무 명은 어둠 속으로 몸을 날렸다.

第43章

나는 곤륜의 무인이다

제43장

고요한 화산에 한바탕 커다란 소란이 일었다.

그 소란의 중심에 서 있는 것은 두 명의 무인이었다.

이미 신검의 강함은 증명된 바이다. 마곡의 봉공을 꺾었고, 포달랍궁의 대라마를 꺾었다.

그것은 설령 각 문파를 대표하는 원로고수들이라 해도 쉽지 않은 일이었다.

그런 무인을 전혀 알려지지도 않은 그것도 낙척도인이 불리던 막중명이 호각지세로 싸우다 결국 승패가 판가름나지 않았다는 이야기는 화산을 들끓게 만들기 충분했다.

오죽 하였으면 장로들조차 그 소문이 사실인지 알아보기 위해 당시 그 자리에 있었던 제자들을 몰래 찾아가는 일이 발생했다.

"좋지 않나?"

"그렇군요."

낙화곡(落花谷). 화산에서는 유일하게 막중명만 발걸음을 하는 이곳에 오늘은 손님이 한 명 있었다.

"동생의 친우인지라 내가 말을 편하게 놓는 것이니 자네가 이해하게."

"괜찮습니다."

연운비가 미소를 지으며 대답했다.

비무는 실로 치열했다.

피가 튀고 살이 찢겨 나가는 그런 처절한 싸움은 아니었지만 오히려 그보다 더 위험한 비무였다.

무려 반 시진에 걸친 비무는 결국 화산장문인 청허 진인의 등장으로 중단되었다.

암향부동화(暗香不凍花)!

어둠 속에서 피어나는 화산의 향기는 천지를 뒤덮으니, 검에는 한기가 서리다.

막중명이 펼친 칠절매화검의 마지막 초식.

그것은 낙척도인이라 무시받고 천대받았던 막중명에게 인고검(忍苦劍)이라는 호칭을 만들어주었다.

"떠난다고 들었네."

"그렇습니다."

"어디로 가려는가?"

"소림으로 가려 합니다."

"그렇군."

막중명은 구태여 연운비가 소림으로 향하는 이유를 묻지 않았다. 사천의 상황이 좋지 않은 시기에 연운비처럼 전력에 큰 보탬이 되는 한 축이 소림으로 향하는 데에는 그럴 만한 이유가 있다고 생각했기 때문이다.

"그 검은······."

"아, 그리고 보니 제가 아직 검을 드리지 않았군요."

연운비는 허리춤의 검을 풀어 그것을 막중명에게 내밀었다.

비무를 한 것은 검을 지니고 있는 동안 그것을 사용할 자격이 있었음을 보여주기 위한 것. 아쉽지만 이제 이 검은 막중명에게 돌려주어야 했다.

"후우······."

연운비가 내민 검을 바라보는 막중명의 얼굴에 씁쓸한 미소가 스치고 지나갔다.

화산의 모든 무인이 그러하듯 막중명 역시 한때는 저 검을 받는 것을 목표로 삼았던 적이 있었다.

"어째서 검을 돌려주려 하는가?"

"무슨 말씀이신지······."

"자네는 분명 그 검을 내 동생에게서 받았다 하지 않았던가?"

"하지만 그것은······."

"이제 그 검의 주인은 자네이네. 이랑이 역시 그것을 바랄 것이고."

막중명은 품 안에 지니고 있던 매화수실을 꺼내 검집에 달아주었다.

"원래 그것은 한 쌍이었던 것이네. 이제 자네가 그 검을 책임져 주게."

"막 대협······."

"하하, 대협이라? 내가 일협이라 불리는 자네에게서 대협이라는 소리를 들을 줄이야."

막중명이 대소를 터뜨리며 연운비의 어깨를 한 차례 두드려 주었다.

"가게나. 후일 다시 만나게 되면 그때는 이번처럼 쉽게 놓아주지 않을 걸세."

"반드시 찾아뵙겠습니다."

"인연은 흐르는 물과 같다 하였네. 우리의 인연이 끝나지 않았다면 다시 볼 수 있겠지."

막중명은 그대로 등을 돌려 산을 내려갔다.

이제 혈로를 걸어야 하는 그의 뒷모습은 어딘지 모르게 무거워 보였다.

그 모습을 지켜보던 연운비도 저 어디엔가 기다리고 있을 유사하를 떠올리며 반대편으로 걸음을 옮겼다. 이제부터가 팔황과 본격적인 싸움이었다.

*   *   *

화르르르―

강서성 남창(南昌) 근처에 위치한 작은 마을.

그곳에서는 지금 초가집들이 타오르고 선박으로 위장한 쾌속선들이 불길에 휩싸이고 있었다. 이글거리는 화마 속에 모든 것은 회색빛의 재로 변했다.

"도망치게 해서는 안 된다!"

"단 한 놈도 놓치지 말아라!"

여기저기에서 함성이 터져 나오고 그 함성의 중심에는 초로의 노인이 있었다.

추명파자 석태량.

만해도 삼봉공 중의 일인인 바로 그였다.

판관필을 휘두르며 사혈련 무인들을 제압해 가는 그의 손속은 잔혹했지만 실상 그의 손에 죽는 적은 없었다.

전투에서 이기는 것도 좋지만 더 중요한 것은 사혈련의 본거지가 어디인지를 파악하는 것.

본거지라 생각한 이 작은 마을도 결국 위장을 한 일개 분타에 지나지 않았다.

"참으로 귀신같은 자들이로다!"

석태량이 혀를 차며 말했다.

벌써 이런 전투가 십여 차례. 이제 지칠 만도 하건만 적들은 도무지 맞서 싸울 생각을 하지 않는다. 지겹도록 계속되는 기습에 오히려 지쳐 가는 것은 만해도 무인들이었다.

어째서 중원의 모든 문파가 사혈맹과 적대시하려 하지 않았는지 그 이유를 알 수 있을 것 같았다.

"가능한 한 생포하라! 놈들의 본거지를 알아내야 한다!"

석태량의 외침에도 불구하고 사로잡히는 사혈련 무인들보다는 그렇지 않은 자들이 더 많았다.

"지독한……."

석태량의 판관필에 점혈을 당한 자들 이외에는 사로잡힌다 하더라도 대다수가 독단을 깨물고 그 자리에서 자결했다.

"모두 입 안에 독단을 감추고 있습니다."

"사로잡아도 입을 열 놈들이 아닙니다."

여기저기서 불만이 터져 나왔다.

아무리 전세가 일방적이라 하지만 독을 품고 달려드는 사혈련 무인들을 제압하는 것은 쉬운 일이 아니다.

더욱이 그렇게 애써 제압한 적들이 독단을 깨물어 자결하니 그 허탈함은 이루 말할 수가 없었다.

"늦었습니다."

그 순간 석태량의 등 뒤에 거구의 색목인이 모습을 드러냈다. 희디흰 피부와 묘하게 어울리는 짙푸른 눈동자의 거구 사내는 큰 체구만큼이나 커다란 반월도를 짊어지고 있었다.

"왔구먼."

"어떻게 되었습니까?"

"보다시피 이번에도 허탕이네. 자네가 간 곳은 어찌 되었나?"

"마찬가지입니다. 귀신같은 작자들이로군요."

어딘지 모르게 어눌한 말투.

거구의 사내는 다름 아닌 만해도 제오전단 풍백(風白)을 이끌고 있는 화아록이었다. 화아록의 곁에는 두 명의 편대주가 철통같이 그를 호위하고 있었다.

다른 선단주들과 달리 화아록이 이토록 엄중한 호위를 받는 것은 내공을 익히지 않았다는 이유 때문이다. 그러나 내공을 익히지 않았다고 하여 화아록의 무공이 약한 것은 아니었다. 타고난 신력과 외문기공을 바탕으로 반월도를 휘두르는 화아록의 무공은 설령 절정고수라 한들 쉬이 받아낼 수 없는 위력을 지니고 있었다.

단지 살수의 기척을 느끼지 못하기에 사혈련을 상대하며 어쩔 수 없이 내공을 익힌 편대주 두 명을 호위로 두고 있는 것이었다.

"그렇지 않고서야 암천회와 그토록 끈질기게 싸울 수 없었겠지."

"석 봉공께서도 암천회에 대해 아십니까?"

화아록의 눈이 번뜩였다.

만해도에 들어온 지 이제 겨우 칠 년밖에는 되지 않은 화아록으로서는 암천회에 대해 알지 못했다. 그저 풍문으로 한때 중원 천하를 뒤흔들었던 집단이라고만 들어보았다.

"알다마다. 당시 마곡을 지원하기 위해 움직였던 것이 나였으니."

"그들은 어땠습니까?"

"강했네. 강하디 강한 무인들이었지."

일말의 주저함도 없는 극찬. 여간해서는 다른 사람을 치켜세우는 석태량이 아니라는 사실을 알고 있었기에 화아록은 놀라지 않을 수 없었다.

"그러나 그들은 결국 패하지 않았습니까?"

"비열한 기습이었네. 당시 전투에 참가했던 무인들이라면 모두 수치심을 느꼈을 정도이니."

"하면 왜 그런 기습을……."

"당시로서는 다른 방법이 없었네. 아직 준비가 되지 않은 시점이었고, 암천회에서는 번천지계(飜天之計)에 대해 대략이나마 눈치채고 있었으니."

"그렇군요."

화아록의 고개가 끄덕여졌다.

번천지계는 당시 최상위의 수뇌부가 아니라면 그 이름조차 알지 못하는 사안이었지만 그것이 무위로 돌아간 이후 시간이 흐르면서 차츰 하나둘 아는 사람이 늘어났다. 화아록도 얼마 전 번천지계에 대해 들을 수 있었다.

"바로 얼마 전 그들과 무척이나 흡사한 기질을 가진 자들을 볼 수 있었네."

"무슨······."

"기우일지도 모르겠지만 수로맹과 결전을 벌이던 날, 모습을 보였던 흑의인들이 이상하게도 뇌리에서 잊혀지지가 않네."

"그들은 귀사망량과 관련이 있는 자들이라고 검증이 되지 않았습니까?"

"나도 알고 있네. 하지만······."

석태량이 고개를 주억거렸다.

그들의 나이를 생각하면 암천회와 관련이 있다고는 믿기 어려운 것이 사실. 하지만 당시 극강의 무위를 선보였던 흑의중년인의 무공은 그 기질이 너무나 흡사했다.

"지시가 내려왔습니다."

"무엇인가?"

"전군 회군하라는 지시입니다."

"무슨 소리인가? 아직 사혈련의 본거지를 무너뜨리지 못했거늘."

석태량이 눈살을 찌푸리며 말했다.

손을 쓰지 않았다면 모르되 시작한 이상 반드시 뿌리를 뽑아야 하는 것이 사혈련이라는 문파였다.

"시간이 너무 지체되었다 합니다."

"끙······."

"무당이 움직였다 합니다. 수로맹과 연계하기 전 무너뜨려야 한다는 것이 도주님의 생각입니다. 이만 가시지요, 수군이 온다면 일이 귀찮아질 수도 있으니."

"알았네."

석태량이 자리를 뜨자, 화아록은 전장을 정리하라는 명령을 내린 후 그 뒤를 따랐다.

"클클클……."

잿더미만이 남아 있는 마을.

그 마을이 내려다보이는 동산 위에 허리가 구부정한 꼽추 노인이 음침한 미소를 흘리며 서 있었다.

마뇌(魔腦) 우목후.

사혈맹이 사파의 패자로 군림할 수 있도록 만들어준 당대 제일의 모사가.

신기제갈이라는 제갈헌이 지략가라는 말이 어울린다면 우목후는 모사가라는 말이 어울리는 인물이었다.

"클클, 걱정하지 말거라. 원혼은 모두 내가 풀어줄 터이니……."

우목후의 품에서 날아간 십여 장의 부적은 마을을 감싸듯 바람결을 따라 퍼져 나갔다.

"그런다고 죽은 이들의 원혼이 없어지는 것은 아니다."

"클클. 오시었습니까."

그런 우목후의 등 뒤로 일단의 무리들이 모습을 드러내었다.

선두에 선 있는 전신을 흑포로 감싼 사내였다. 그 양옆에는 커다란 철구를 짊어진 노인과 온몸에 피칠을 한 붕대를 감고 있는 괴인이 서 있었다.

그들이 바로 삼십여 년 전, 사혈맹을 이끌었던 적안살성(赤眼殺星),

혈포사신(血蒲死神)이었다.

이틀 밤낮의 혈투 끝에 사혈맹주가 암천무제에게 패사하자 그들은 어쩔 수 없이 어둠 속으로 몸을 숨겼다.

"잿더미뿐이로군."

지극히 무미건조한 음성.

흑포 사내는 마치 사람이 아닌 양 처절한 살육의 현장을 보고서도 표정 하나 변하지 않았다.

더욱이 동인(銅人)처럼 짙은 청동빛 피부는 그런 사내를 더욱더 기괴해 보이게 만들었다.

"클클. 너무 늦으셨군요."

놀라운 것은 우목후가 사내에게 공대를 사용한다는 사실이었다.

천하에 우목후에게 공대를 받을 수 있는 인물은 오직 사혈련의 련주가 유일했다.

"모조리 죽여 버리면 그만 아닌가?"

"클클, 저런 잔챙이들 따위야 언제든지 잡을 수 있습니다. 경각심을 불어넣는 것은 좋지 않지요."

"귀찮군."

"클클, 수부들을 제외해도 일만에 달하는 병력입니다. 어느 세월에 그들을 전부 죽이겠습니까? 련주께서라면 몰라도 저희는 불가능한 일이지요. 쿨럭……."

우목후는 말을 하던 도중 돌연 가슴을 움켜쥐고 토혈을 했다.

검붉은 선혈.

폐병이라도 알 듯 토혈한 피의 색은 지극히 불길한 색을 띠고 있었다.

"군사!"

"노군사!"

적안살성과 혈포사신이 급히 우목후를 부축했다.

"클클. 괜찮다네."

우목후는 그런 두 사람의 부축을 뿌리치며 자신의 두 발로 섰다.

"얼마 남지 않았나 보군."

"클클⋯⋯."

냉정한 말투. 아니, 그보다는 감정이 실려 있지 않다고 해야 하는 목소리에 우목후가 쓴 미소를 흘렸다.

다른 사람이라면 몰라도 그 자신만큼은 저런 사내의 태도에 원망할 자격이 없었다. 그를 이렇게 만든 것은 바로 다름 아닌 우목후 본인이니 말이다.

"십팔도궁에서 연락이 왔습니다."

"그런가?"

"마침내 그들이 움직였다고 하더군요. 이제 복수를 해야 할 때가 다가온 것이지요."

"복수라⋯⋯."

흑포사내가 내키지 않는다는 표정으로 중얼거렸다.

죽으면 그뿐. 그것은 남아 있는 자의 망령(妄靈)에 지나지 않았다.

"클클, 저희는 여기까지입니다. 시간은 끌어주었으니 이후의 일은 수로맹이 알아서 하겠지요. 가시지요. 새로운 천하가 련주를 기다리고 있습니다."

핏빛 혈기가 나부끼면 그곳에는 죽음만이 존재한다.

그렇게 또 하나의 신화가 시작되려 하고 있었다.

*　　　　　*　　　　　*

화산에서 하남성(河南省)의 경계까지는 그다지 먼 거리가 아니다.

걸음이 느린 사람이라 할지라도 사오 일 정도면 도착할 수 있다. 지름길을 이용한 탓에 말을 구입하지는 못했지만 연운비와 유사하는 화산을 떠난 지 며칠 지나지 않아 하남 서부 끝 언저리에 위치한 영보(靈寶)에 도착했다.

산서와 섬서 하남을 잇는 관도가 연결되어 있는 탓에 변두리에 위치한 현치고 영보는 제법 컸다.

"말을 구입하실 것이지요?"

"물론입니다. 아무래도 그 편이 빠르지 않겠습니까."

아무리 무림인이라 한들 장거리를 이동할 때 준마보다 빠른 것은 아니다.

물론 천하에서 몇 손가락 안에 드는 경공의 대가라면 가능한 일이겠지만 유사하는 물론이고, 연운비조차 경공이 그렇게까지 탁월한 것은 아니었다.

"곤륜에서 오신 연 소협이시지요?"

그렇게 두 사람이 마시장을 알아보려 수소문하는 도중 누더기를 걸친 인영이 말을 걸어왔다.

"그렇습니다만……."

"이장로님께 연락을 받았습니다. 저는 개방의 운영 분타를 책임지고 있는 백개명입니다."

백개명이라 자신을 소개한 사내를 자세히 훑어보자 허리춤에 달려 있는 다섯 개의 매듭이 눈에 들어왔다.

아무리 보아도 아직 이립이 되지 않는 나이. 그 나이에 오결제자라는 것은 실로 놀라운 일이 아닐 수 없다. 더욱이 개방은 다른 문파와는 다르게 그 항렬을 극히 중시해 능력이 뛰어나다 해서 분타주의 자리를 맡을 수 있는 것이 아니었다.

"한데 무슨 일이신지?"

"조용한 곳으로 가시지요."

백개명이 주위를 둘러보며 말했다.

무엇인가 긴히 할 말이 있다는 태도였다. 그다지 사람이 많은 골목은 아니었지만 오가는 사람이 대여섯 명은 되었다.

"소림으로 가시는 길이라 알고 있습니다."

개방의 이장로라면 한중 분타를 책임지고 있는 철탁개를 말하는 것이다.

연운비의 신분은 곤륜의 일대제자라고 하기에는 무척이나 애매하다. 강호의 명성으로 보나 본신의 무위로 보나 일대제자는커녕 장로들이라 하여도 처지는 것이 사실이다.

그런 연운비의 행적을 아무리 오결제자라고는 하지만 일개 분타주가 알고 있다는 것은 이해가 가지 않는 일이었다. 같은 분타주라고는 하지만 철탁개와 백개명 사이에는 실로 엄청난 차이가 있었다.

"화산에 머무르고 계시는 동안 사정이 조금 바뀌었습니다. 정확하게 말하면 악화되었다고 하는 편이 옳겠지요. 소림으로 가지 않으셔도 될 것 같습니다."

"그게 무슨 말씀이신지…"

"총타에서 소림이 어째서 움직이지 않고 있는 것인지 그 이유가 담긴 전서를 각 문파에 보냈습니다."

"그런…"

연운비는 놀라지 않을 수 없었다.

정말 소림이 이때껏 움직이지 않고 있던 이유가 무벌 때문이란 말인가?

연운비는 차분히 생각을 정리했다.

낭인왕 악구패가 하였던 말.

암천회의 무인들처럼 무벌의 무인 역시 땅에서 솟아나기라도 한 것처럼 모습을 드러냈다 하였다.

그 말은 무벌을 믿을 수 없다는 것을 의미했고 백개명이 그것이 사실임을 밝힌 것이다.

'그러고 보니…'

그렇게 머리 속을 정리하던 연운비는 문득 한 편에서 자신을 바라보는 백개명이 눈에 들어왔다.

실로 엄청난 사안.

그런 사안을 말하고 있음에도 백개명의 표정은 어느 때와 마찬가지로 담담하기 이를 데 없었다.

'개방이라……'

백개명, 아니, 개방을 보는 시선을 달리할 수밖에 없었다.

용두방주가 은퇴할 때가 멀지 않았음에도 아직 후개(後丐)는 정해지지 않았다. 더욱이 용두방주에게 제자가 있다는 점을 가정했을 때 그것은 이해가 가지 않는 일이었다.

때를 기다리고 있는 자의 눈빛.

연운비는 백개명이라는 사내에게서 그것을 읽을 수 있었다.

"다른 곳의 상황을 물어봐도 되겠습니까?"

"사천의 상황이 그나마 제일 나은 편이라 생각하시면 될 것입니다. 연 소협께서 많은 일을 해주셨고, 금정 신니와 낭인왕께서 그곳에 계시니까요."

"그 정도입니까?"

"안휘의 상황은 하루하루가 위태한 정도입니다. 팔황 중 가장 두려운 곳은 마곡과 만해도이지요. 움직이지 않는 배교를 제외한 다섯 문파가 힘을 합친다 한들 마곡과 만해도를 상대할 수 없습니다."

"만해도라……."

마곡의 무인들은 이미 적잖이 만나보았다. 그런 곳과 차이가 없다고 평가받는 또 하나의 문파. 물길을 다스리는 수로맹을 무너뜨린 저력이 그 안에 숨어 있었다.

"지금은 사혈련과 절강을 공격하기에 여념이 없지만 본격적으로 만해도의 병력이 움직이게 되면 천하에 또 한 차례 풍파가 몰아닥칠 것입니다."

이야기를 하면 할수록 빠져든다.

더욱이 그의 말은 묘하게도 믿음을 주는 구석이 있었다.

"제가 어찌하면 좋겠습니까?"

신기제갈이라 불리는 지다성 제갈헌을 대했을 때에도 느껴보지 못한 감정이 백개명에게서 느껴졌다.

"총타에서는 연 소협이 무당을 도와 만해도를 상대했으면 한다는 생각을 전해왔습니다."

"우 분타주의 생각은 어떻습니까?"

연운비는 총타의 생각이 아닌 백개명의 생각을 물었다.

"저도 같은 생각입니다. 그러나 무당과 계속 같이 움직이는 것은 좋은 판단이 아닙니다."

"무슨 뜻입니까?"

"무당과 움직이는 것보다는 수로맹과 움직이는 것이 낫다는 뜻입니다."

"수로맹이라면……."

"적어도 물길에서 무당은 만해도의 일부 병력조차 감당하지 못합니다. 호북무림이 나서야 그나마 하선하는 것을 막을 정도이겠지요. 그러나 수로맹은 다릅니다. 그들이 만해도에 패한 것은 압도적인 인원 차이도 있지만 무엇보다 최절정고수의 부족에 의해서입니다. 실제로 수로맹 제삼전선 부수함이 제대로 싸워보지도 못하고 침몰한 것이 그런 이유이지요."

"수로맹 제이전선 흑암을 지휘하는 무인의 무위가 오왕에 버금간다고 들었습니다."

"만해도에 그 정도 고수가 없으리라 생각하십니까?"

"……."

연운비는 대답을 하지 못했다.

마곡과 함께 강성한 세력을 자랑한다는 만해도이다. 마곡의 두 주력 병력을 이끄는 일월마군이나 냉면염라와 같은 고수가 없다고 하면 그것이 오히려 이상한 일일 것이다.

"이것은 제 예상일지도 모르겠습니다만……."

백개명이 조심스러운 태도로 말을 꺼냈다.

"어쩌면 마곡의 주력 병력은 두 갈래로 나누어진 것이 아니라 세 갈래로 나누어진 것일 수도 있습니다."

"그것은 또 무슨 소리신지……."

"천하제일세라 불리는 무벌이 세력을 뻗치지 못한 곳이 복건입니다. 그런 복건에 위치해 있는 문파들이 절강으로 향하고 있습니다. 묘독문과 유령문이 있다지만 그들만으로는 상대할 수 없는 전력이 복건, 절강의 문파들이지요. 더욱이 그들을 이끌고 있는 것은 오왕 중 일인인 창왕이 아니겠습니까?"

그다지 많지 않은 정보. 아무리 요지라고는 하지만 지금처럼 특별한 일이 아니고서야 일개 분타에 전해지는 정보에는 한계가 있기 마련이다.

그런 단편적인 정보만을 가지고도 여러 가지 일을 추론하는 백개명의 능력은 놀랍기 그지없는 것이었다.

"마곡에서도 창왕을 상대할 수 있는 고수를 지휘자로 보내겠지요. 그것은 마곡에 일월마군이나 냉면염라 같은 고수가 더 있다는 것이고, 사혈련과의 전투가 어느 정도 마무리되는 대로 만해도의 주력 병력이 호북에 집중된다는 것을 뜻하지요."

잠시 숨을 돌린 백개명이 말을 이었다.

"현실적으로 무당과 호북에 위치한 모든 문파가 힘을 합쳐도 만해도를 상대할 수 없습니다. 물론 보타 신니로 인해 만해도의 일정 병력이 보타암 근처에 묶여 있다고는 하지만 어찌 되었거나 마찬가지입니다. 방법은 한 가지입니다."

백개명이 연운비의 두 눈을 직시하며 말했다.

"선공! 그 앞에 서십시오. 적의 허를 찌르는 기습만이 만해도를 막을 수 있는 유일한 길이 될 것입니다."

"말도 안 돼요!"

유심히 듣고만 있던 유사하가 강하게 반박했다.

"지금 연 소협보고 사지로 걸어들어 가라는 것인가요? 제가 듣기로는 만해도의 병력은 수부를 제외하고도 수천이 넘는다 하였어요. 더욱이 수로맹은 총단에서 몸을 사리기에만 급급하다던데 선공을 취할 리가 없지 않겠어요?"

연운비 같은 고수라면 일반 싸움터에서 적들에게 포위되어 있다 한들 홀로 몸을 빼는 것은 어렵지 않다.

그러나 물 위에서의 싸움은 달랐다.

아무리 연운비의 무위가 뛰어나다 한들 아군이 패하면 연운비의 생사조차 위험할 수도 있었다.

"장강에서 새로운 바람이 불어오고 있습니다. 그 바람의 중심에는 수로맹이 있습니다. 연 소협께서 수로맹을 도우신다면 그 바람은 태풍이 될 것입니다."

모사가 같은 언변 따위로 믿음을 사고자 하지 않는다. 그의 진실 된 마음은 그의 눈빛에서 드러나고 있었다.

"어떻게 하시겠습니까?"

"저는……."

연운비는 쉽사리 대답을 하지 못했다.

소림으로 향한 뒤에 특별히 다른 목적이 있는 것은 아니었지만, 구태여 생각해 둔 곳이 있다면 그것은 무당이 인근한 호북에서 움직이는 것이었다.

목에 걸린 천근같이 무거운 부적.

그 부적이 붉게 물들었을 때 무당을 찾아가야 할 이유가 연운비에게
는 있었다.

"그렇게 하겠습니다."

"연 소협?"

유사하가 애처로운 눈빛으로 연운비를 바라보았다. 그러나 연운비
의 표정에는 일말의 흔들림도 없었다.

"제가 가서 도움이 된다면 응당 그렇게 해야겠지요. 무당으로 바로
가면 되겠습니까?"

중원 천하가 전쟁터이다. 어디로 간다 한들 이 싸움에서 벗어날 수
있을까.

지금 이 순간에도 의기를 가진 이들이 전장터에서 죽어가고 있다.

의가 무엇이고 협이 무엇이던가.

자신을 일협이라 칭송하는 사람들을 대할 때마다 연운비의 마음은
부끄럽기 그지없었다.

그가 협을 행했다면 죽음으로 그 의를 지킨 막이랑은 무엇이던가?

세상에 대한 관심.

서협의 진정한 탄생은 그렇게 아무도 보지 않는 곳에서 이루어지고
있었다.

"제게 하루 정도 시간을 주실 수 있겠습니까?"

그런 연운비를 유심히 바라보던 백개명이 지금까지는 조금은 다
른 모습으로 말했다.

"무슨 말씀이신지……."

"도움이 될지 않을지 모르겠지만 제 능력이 되는 한도까지 연 소협
을 돕고 싶습니다."

"백 분타주께서도 같이 가시겠다는 말씀이십니까?"

"그렇습니다."

"그렇게 하셔도 상관이 없습니까?"

"글쎄요……."

백개명이 쓴웃음을 머금었다.

성도나 큰 현은 아니라 할지라도 엄연한 분타인데 상관이 없다면 그것이 이상한 일이라 할 수 있다.

단지 어차피 칠주야 후면 총타에서 새로운 분타주가 임명되고 백개명이 총타로 들어가게 된다는 사실을 백개명이 밝히지 않은 것뿐이었다.

후일 무불신개(無不神丐)라 불리며 개방을 이백 년 만에 전성기에 올려놓는 신개와 신검의 만남은 그렇게 누구도 알지 못하는 구석진 곳에서 이루어지고 있었다.

*   *   *

인고검.

고된 연공과 반복되는 수련을 하는 무인으로서 이보다 영광된 호칭이 있을 수 있을까.

어둠 속에서 피어나는 화산의 향기는 천지를 뒤덮으니, 검에는 한기가 어리다.

십팔도궁의 소궁주 혁련후가 소수의 병력으로 묘독문 주력 병력을 기습적으로 공격해 온 왜구들의 침입을 격퇴시키며, 남도(南刀)라는 호칭을 얻자 화산에는 그런 혁련후와 비교하여 막중명을 북검(北劍)이라 부르기도 하였다.

간혹 노고수들이 심산유곡에 은거하며 무위를 드러내지 않고 살아간다지만 그것은 노고수들이기에 가능한 것이지, 명예를 목숨처럼 생각하는 무인들에게, 그것도 젊은 나이라면 쉽지 않은 일이었다.

낙척도인.

화산에 누가 있어 빈둥빈둥 지내던 막중명을 사형처럼 대우해 주고 우러러 보았을까?

그런 시선 속에서도 막중명은 언제나 미소를 머금고 있었던 그는 인고검이라는 호칭을 받을 만한 자격이 있었다.

"이랴!"

막중명은 말에 박차를 가했다.

빙궁과 대막혈랑대.

팔황 중 무려 두 곳이 힘을 합하여 남하하고 있었고, 화산이 주축이 되어 그들을 막고 있었다.

아무리 산서 무림과 종남이 지원을 해준다고는 하지만 어려운 싸움을 하고 있을 것이다. 스승인 청운 진인이 나섰다는 것 자체가 그 사실을 말해주고 있었다.

'응……?'

그렇게 말을 몰아가고 있던 막중명은 이상한 기분이 들었다.

저 우거진 수풀 속 어디엔가 순간적으로 살기와도 비슷한 기운이 스치고 지나간 것이다.

"착각언가?"

그러나 착각이라고 하기에 그 느낌이 범상치 않았다.

"흐음……."

지금이라도 말머리를 되돌려 그 느낌을 확인하고 싶었지만 다른 곳에 신경을 쓸 수 있을 정도로 한가한 상황이 아니었다. 그렇게 막중명은 북으로 말을 몰았다.

무당으로 향하는 길.

연운비와 백개명은 많은 이야기를 나누었다.

강호의 정세에 대한 이야기도 있었지만 그중에서도 연운비가 가장 궁금했던 것은 백개명이 무엇 때문에 따라나섰느냐는 사실이었다.

"궁금한 것이 있습니다."

"말씀하시지요."

"어째서 따라오신 것입니까?"

"글쎄요……."

백개명은 말을 돌렸다.

그러나 계속해서 진지한 표정으로 자신을 바라보는 연운비의 눈빛에 어쩔 수 없이 말문을 열었다.

"사람에게는 일생에 세 번의 기회가 온다 하였지요. 이 기회가 저에게는 마지막 기회가 될 듯합니다."

백개명이 먼 하늘을 바라보며 말했다.

후개가 되지 못한 자의 안타까움.

그것은 일신의 영달을 위해서가 아니라 자신을 믿고 따르는 수많은 젊은 개방도들이 흘린 피와 땀이 아까워서이리라.

능력이 미치지 못해서 후개가 되지 못한 것이 아니었다. 단지… 조금 늦게 개방에 입문했다는 것. 그리고 신분을 증명할 것이 없다는 사실이 백개명이 후개가 되지 못한 이유였다.

어찌 보면 이상한 일이 아닐 수 없다.

거지가 신분이 있다면 그것이 이상한 일이라 할 수 있지 않겠는가?

그러나 개방 역시 평소였다면 어느 정도 그런 일에 대해 너그러운 편이었겠지만, 암천회의 난이 아니었다면 결코 알아차릴 수 없던 번천지계(飜天之計).

그 일이 있은 후부터 개방 역시 요직에 신분이 명확하지 않은 자를 앉히지 않았다.

"식사라도 하고 가는 것이 어떻겠어요?"

두 사람의 이야기를 듣고 있던 유사하가 어느덧 중천을 지나고 있는 해를 보며 말했다.

이른 새벽, 십언(十堰)을 지나 이제 반나절 정도만 더 가면 마침내 무당에 도착한다.

그때부터가 본격적인 만해도와의 싸움이 되리라.

"그렇게 하지요."

"마침 출출한데 그게 좋겠습니다."

음식이라고 해보아야 건량과 육포가 전부였지만, 세 사람은 커다란 바위 위에 걸터앉아 담소를 나누며 즐거운 마음으로 식사를 하였다.

"저 때문에 죄송합니다."

"하하, 아닙니다. 거지가 언제 이렇게 고기만을 먹어보겠습니까. 얻어먹는 처지에 과분할 따름이지요."

육식를 하지 않는 연운비 덕분에 육포로 대부분 배를 채운 백개명이 오히려 고맙다는 표정으로 대답했다.

"자, 이제 다시 출발하도록 해요."

유사하가 그런 두 사람을 보며 슬며시 미소를 지었다.

"이건……?"

그렇게 세 사람이 주위를 정돈하고 다시 무당을 향해 출발하려는 순간이었다.

연운비는 이질적인 그 무엇인가를 느끼고 급히 기를 끌어올렸다. 그것은 전신을 조여오는 자욱한 살기였다.

"조심하십시오."

연운비의 얼굴 표정이 굳어지자, 그제야 이상한 낌새를 눈치챈 유사하와 백개명이 급히 병기를 뽑아들었다.

'어떻게 이들이?'

연운비는 의아한 감을 감추지 못했다.

언젠가 이와 같은 살기를 겪어본 적이 있었다. 주위를 포위하고 있는 자들은 유령문의 살수들이 틀림없었다.

그것도 연운비가 내공을 끌어올려야 간신히 기척을 감지할 정도의 뛰어난 살수들이었다.

'어렵게 되었다.'

당시 연운비가 겪은 유령문의 살수들은 상대하기 지극히 까다로운 자들이었다. 그것도 지금 주위를 포위하고 있는 자들은 그들보다 더 뛰어난 듯했다.

이해할 수 없는 것은 어떻게 이들이 자신의 행적을 파악했느냐는 사실이다.

아무리 팔황이라 하더라도 중원 한복판에서 이렇듯 버젓이 움직일 수는 없었다.

'설마…….'

유일하게 만났던 마곡의 무인, 북궁무백.

그러나 그가 자신을 죽이고자 했으면 당시 바로 손을 썼으리라. 당시 북궁무백과 연운비 사이에는 그만한 격차가 있었다. 그리고 무엇보다 연운비는 당시 보았던 북궁무백의 눈빛을 기억하고 있었다. 그것은 진정한 무인이 아니라면 가질 수 없는 눈빛이었다.

"흐으… 애송이 놈들. 귀찮게 한 대가를 치르게 하겠다."

벌건 대낮임에도 그 어디에도 유령문 살수들은 모습을 보이지 않고 있었다.

지둔술과 은신술.

이들은 다름 아닌 귀혼추살대(鬼魂追殺隊)의 살수들이었다.

신검의 목적지가 소림인지 알았기에 낙녕(洛寧) 지척의 샛길에서 함정을 파고 기다리고 있던 이들은 뒤늦게서야 무당으로 향한 것을 알고 급히 경로를 이동했다.

만약 신검이 무당에 도착하게 된다면 그 이후에는 암습을 하기가 극히 까다로웠다.

그것이 어쩔 수 없이 손해를 감수하고 귀혼추살대 무인들이 대낮에 모습을 드러낸 이유였다.

"제가 길을 뚫겠습니다. 두 분은 바로 무당으로 향하십시오."

연운비는 두 사람에게 전음을 날렸다.

반나절이라고 하지만 신법을 펼친다면 두세 시진이면 도착할 만한 거리이다.

어떻게든 무당 지척까지만 도착한다면 이들의 추격을 뿌리칠 수 있었다.

그러나 그 일이 쉽지 않다는 것을 연운비는 알고 있었다.

이들의 추격은 이미 겪어보았고, 아무리 산속이 아니라고는 하지만 이들의 신법 역시 유사하나 백개명보다는 뛰어났다. 백개명의 무공은 유사하와 비슷한 수준이었지, 그 이상은 아니었다.

"알겠습니다."

백개명은 주위를 둘러보며 빠져나갈 곳을 찾았다.

그러나 유사하는 망설이는 표정을 지으며 대답을 하지 못했다. 백개명이 비겁해서가 아니었다.

단지 백개명은 현재의 상황을 냉정히 판단하고 있는 것이었고 그것이 백개명과 유사하의 차이이기도 하였다.

"유 소저, 우리가 이곳에 남아 있는 것은 연 소협에게 짐이 될 뿐입니다."

"알겠어요."

유사하가 마지못한 듯한 표정으로 고개를 끄덕였다.

지금 그들의 실력으로는 유령문 살수 둘 이상을 감당할 수 없었다. 아니, 둘이나 감당하면 다행이었다.

우우웅―!

선공은 연운비로부터 시작되었다.

내공을 운기하는 데에는 극히 촌각이지만 분명 시간이 필요하다. 그러나 연운비가 몸을 날리는 것과 동시에 검에서는 검기가 솟구쳤다.

검이 가는 곳이 바로 내가 가는 곳이다.

그것은 심검(心劍)의 극에 이르러서야 펼칠 수 있는 움직임이었고, 이제 신검합일(身劍合一)을 바라보고 있는 검사의 검이기도 하였다.

촤악―!

가장 지척에 있던 귀혼추살대 살수 한 명의 어깨 어림에서 피가 솟구쳤다.

지둔술로 몸을 숨기고 있었지만 연운비의 이목을 속이지 못한 것이다.

그러나 단지 그것뿐이었다.

연이어 이어진 연운비의 공격에 살수들은 썰물처럼 물러갔다 조직적으로 합공을 가해왔다.

"으흐… 조심해라. 놈의 무공이 생각했던 것 이상이다."

다시 음산한 목소리가 흘러나왔다.

'이자들……'

연운비는 가슴이 섬뜩해져 오는 것을 느낄 수 있었다.

마음을 독하게 먹고 살수를 펼쳤건만 단순히 부상을 입히는 것에서 그쳤다. 더욱이 음산한 목소리는 어디에서 흘러나오는 것인지 그 방향조차 분간할 수 없었다.

'실수다. 그냥 평소에서처럼 관도를 걸으며 건량을 먹었다면 이런 일은 생기지 않았을 터인데……'

분위기라도 낼 겸해서 조금이라도 한적한 곳을 찾기 위해 관도에서 떨어진 것이 실수라면 실수였다. 그 거리는 얼마 되지 않았지만 바위나 커다란 나무 등, 분명 살수들이 은신할 만한 곳이 몇 되었고, 그런 곳들이 신경이 쓰이지 않을 수 없었다.

쐐애애액!

두 개의 기형검이 좌측과 우측에서 날아들었다.

하나둘 모습을 드러내는 살수들은 어느새 주위를 완전히 포위하고 있었고, 절반은 아직도 그 모습을 보이지 않고 있었다.

연운비는 급히 비폭유천의 초식으로 상대의 공격을 막으며 검기를 흩뿌렸다.

서걱—

흩뿌린 검기들 중 하나가 살수 한 명의 허벅지를 스치고 지나갔다.

그 순간 땅 밑에서 또 하나의 인영이 솟구치는 것과 동시에 연운비의 팔목 어림을 베어왔다.

급하게 검을 회수하며 개운직지(開雲直指)의 초식을 펼쳤지만 칼날이 스치고 가는 것까지 막을 수는 없었다. 그러나 상대 역시 연운비의 검에 부상을 입었다.

'도망치지는 못한다는 것인가?'

만약 하체를 노렸다면 적잖은 부상을 입었을 수도 있는 상황에서 검을 쓰는 오른손을 노렸다는 것은 자신을 무력화시키겠다는 뜻. 그것도 부상을 감수하면서까지 조금의 망설임도 없었다.

챙! 채챙!

백개명과 유사하도 어느새 두 명의 인영을 상대로 혈투를 벌이고 있었다.

절정에 근접해 있는 그들이 고작 두 명을 상대함에 있어서도 밀리고 있는 모습이었다.

우우웅…….

연운비는 내공을 극성으로 끌어올렸다.

속전속결.

시간을 끌면 끌수록 불리한 것은 이쪽이었다.

만월파(滿月波)!

장중한 검이 주위를 감쌌다.

지척에 있던 세 명의 살수가 그 기세를 감당하지 못하고 몸을 피했다.

"이쪽입니다."

연운비는 곧장 유사하와 백개명이 있는 곳으로 몸을 날렸다. 그들을 상대하고 있던 살수들이 급히 뒤로 물러났다.

"신검에 대한 공격은 드러나지 않는 곳에서 행한다."

이것이 대주인 야이한에게서 그들이 받은 명령이었다.

설령 유령문의 문주라 할지라도 정면으로 신검과 부딪친다면 필승을 자신하지 못했다.

파르르릇!

그렇게 연운비가 두 사람을 돕기 위해 검초를 뿌리는 것과 동시에 다섯 명의 살수가 일제히 연운비에게 쇄도했다.

그 상황에서 연운비가 선택한 것은 천리무애의 초식이 아니라 운무산개(雲霧散開)의 초식이었다.

상대가 수비를 염두에 두지 않는다면 그에 맞서 싸운다.

벽을 넘어 이루어낸 신화 속의 상청무상검도는 그렇게 세상에 본격적으로 모습을 드러내고 있었다.

콰콰콰쾅—!

엄청난 충격파. 그 뒤를 잇는 노도와 같은 검격.

유령문 살수 하나의 가슴패기가 쩍하니 갈라지며 그 자리에서 즉사했다. 나머지 넷도 여기저기 검상을 입은 채 비틀거리며 급하게 신형을 눌렀다.

"연 소협!"

그와 동시에 유사히와 백개명의 입에서 다급한 음성이 터져 나왔다.

"큭……."

연운비는 위기감을 느끼고 급히 몸을 비틀었다.

그러나 이미 기형 삭은 연운비의 허리 어림을 찢어발기듯 베고 지나 갔다.

"흐으… 쉽게 당하지는 않는다는 건가?"

음침한 목소리. 마침내 모습을 드러낸 야이한의 모습은 음산하다 못 해 소름이 끼칠 정도였다.

전신은 살기로 뒤덮여 있었고, 길게 찢어진 눈은 야이한의 음침한 성격을 말해주는 듯싶었다.

'이자…….'

연운비의 얼굴이 굳어졌다.

아무리 틈을 노린 기습이었다고는 하나 기척조차 눈치채지 못한 것 은 그만큼 상대의 무공이 뛰어나다는 뜻.

다시 공격해 온다 하여도 이렇듯 쉴 새 없이 공격을 받는 상황에서 는 대적할 만한 방법이 없었다.

"흐으… 다음에는 목을 취할 것이다."

그 말을 끝으로 야이한의 신형이 희미해지며 다시 모습을 감추었다.

두 눈으로 뻔히 보고 있는 상황에서도 은신술을 펼친다는 것은 그만 한 자신감이 있다는 것.

만약 이 기습이 어둠 속에서 행해졌다면… 생각만 해도 끔찍한 일이 었다.

쐐애애액—!

야이한이 모습을 감추는 것과 동시에 살수들의 공격이 다시 시작되었다.

종전보다 더욱 빠르고 살기 어린 공격이었다.

'얼마나 버틸 수 있을까?'

연운비는 입은 부상을 살폈다.

여기저기 자잘한 상처가 생겼지만 그중에서 가장 심각한 것은 옆구리에 입은 상처였다. 살점을 한 웅큼 베어버린 기형 낫은 뼈까지 우그러뜨렸다.

하반신은 전혀 공격하지 않고 있다.

무엇보다 그 점이 연운비에게 부담이 되고 있었다. 모든 무공은 신법에서 시작한다 하지만 공격을 할 수 없어서야 그 신법은 무용지물이나 다름없는 것이다.

이들은 연운비에 대해 너무나 잘 알고 있었다.

백개명과 유사하가 있는 이상 연운비가 도망치지 못한다는 사실을 확신하고 있는 것이다.

"윽……."

"흐윽……."

백개명과 유사하에게도 두 명의 살수가 붙었다.

단점을 파악한 것인가?

종전과는 달리 눈에 띄게 두 사람은 밀리는 모습을 보였다.

귀혼추살대 살수들은 연운비와는 정반대로 두 사람의 하반신을 집중적으로 노렸다. 신법에 능한 두 사람의 발을 묶어놓겠다는 뜻이다.

"연 소협, 우리는 신경 쓰지 마시오. 어서 무당으로 가 이 사실을 알리시오!"

백개명이 큰 소리로 외쳤다.

짐이 되고 있다는 것.

그것만큼 무인에게 치욕스러운 일도 없었다. 그러나 백개명이 골몰하고 있는 것은 그런 감정보다 어떻게 하면 이 상황을 타파할 수 있느냐는 사실이었다.

'분산시켜야 한다.'

신검의 무력.

짐작했던 것 이상이다.

유령문이 문도 수가 많지 않음에도 팔황에 속한 것은 살수 개개인의 능력히 그만큼 뛰어나기 때문이었다. 그런 자들이 스무 명에 달함에도 연운비는 조금도 위축되지 않고 있었다.

이 순간 백개명의 머리 속에 떠오르는 것은 자신을 믿고 따르는 수많은 지인들이었다.

'그렇게만 되면 살 수 있다.'

비굴하지만 살아남을 수 있다면 어떠한 방법도 쓸 수 있었다. 설령 그로 인해 연운비의 목숨이 담보로 잡힐 수도 있다지만 어차피 이곳에 있어 보아야 짐 밖에는 되지 않았다.

"연 소협, 저에게 한 가지 방법이 있습니다."

"무슨……."

"저에게 굉천뢰가 있습니다. 그것이면 틈을 만들 수 있을 것이라 생각합니다."

쿵—!

굉천뢰(轟天雷)라니?

그것은 암천회의 난 당시 철기풍운막(鐵器風雲幕)이 멸문하며 사라진 물건이 아니었던가?

　지금 무벌이 차지하고 있던 지역에서 강남일패로 불리던 철기풍운막이 사혈맹과 함께 암천회의 첫 목표가 된 가장 큰 이유가 바로 굉천뢰을 제작할 수 있다는 이유 때문이었다.

　굉천뢰의 무서운 점은 그 위력도 위력이지만 대비를 하고 있지 않은 상황에서 터지게 되면 고막을 터뜨려 버린다는 사실이었다. 운이 좋아 치료를 받으면 귀머거리는 면할 수 있지만 그렇지 않을 경우 평생 불구로 살아야 했다.

　"그 굉천뢰를… 제가 향하는 곳으로 던져 주십시오."

　"여, 연 소협?"

　백개명은 경악성을 금치 못하며 연운비를 바라보았다.

　무슨 생각인가?

　제아무리 무경의 경지에 이른 고수라 할지라도 굉천뢰의 폭발에서 자유로울 수는 없다.

　죽지는 않겠지만 큰 부상을 입는 것을 면치는 못하리라.

　백개명이 굉천뢰 이야기를 꺼낸 것은 단지 잠시간이라도 적들의 시선을 다른 곳으로 돌리려 한 것이었지 다른 이유에서가 아니었다.

　"방법이 있습니다. 그것을 던지는 것과 동시에 지체없이 이곳을 빠져나가십시오."

　연운비의 눈에 깃든 단호한 의지.

　그것은 어째서 모든 이들이 연운비를 가리켜 일협이라 불리는지 그 이유를 알 수 있는 모습이었다.

　'한심하고 한심하구나. 나는 저 사람에게 비한다면 무인이라고조차

하기가 부끄럽구나.'

백개명은 탄식을 금치 못했다.

누가 신검을 가리켜 명예를 얻기 위해 그런 행동을 하였다고 비난하였는가.

단지 심산유곡에 은거하며 때를 기다렸을 뿐이라고?

명성을 얻는다면 질투가 나기 마련이지만 지금 와서 생각하니 그런 말을 한 자들이 이토록 한심하게 느껴질 수가 없었다.

"다른 방법이 있을 것입니다."

"시간이 없습니다."

연운비는 다른 이들이 눈치채지 못하게 슬며시 고개를 저었다.

다른 방법이 없는 것은 아니었지만 두 사람을 안전하게 대피시키기에는 이 방법이 최선이었다.

굉천뢰는 그렇게까지 파괴력이 큰 화탄은 아니다.

그랬다면 군부에서 그것을 지켜보고만 있을 리 없다. 강호인은 용납해도 화탄에 관련된 것만큼은 절대로 용납하지 않는 곳이 바로 군부였다. 사천당가가 화탄에 대해서 완전히 손을 뗀 것도 그러한 이유에서였다.

굉천뢰의 효과가 미치는 범위는 오육여 장.

그것도 직접적인 피해를 입히기 위해서는 삼사 장 반경에 있어야 했다.

신법에 능한 살수들이라면 이상한 낌새를 눈치채는 순간 몸을 피할 것이니 극히 운이 좋지 않다면 서너 명 이상에게 피해를 입히기는 불가능할 터였다.

"제가 좌측으로 몸을 날리는 순간 그곳으로 던져 주십시오."

연운비는 전신의 내공을 모조리 끌어올렸다.

기회는 단 한 번뿐이었다.

그 한 번이 실패로 돌아간다면 이곳에 있는 모든 이는 죽을 수밖에 없었다.

아니, 적어도 백개명과 유사하는 살아남을 가능성이 전무했다.

파팟─!

연운비는 순간적으로 제일 포위망이 취약하다 싶은 곳으로 몸을 날리며 검초를 뿌렸다.

'하하, 하하하! 백개명아, 네가 그토록 잘난 척하던 네 머리는 아무 짝에도 쓸모없는 것이었구나!'

백개명의 눈에서 피눈물이 흘러내렸다.

이때만큼 무공을 등한시한 것을 후회해 본 적이 없었다.

"막아라!"

설마 동료를 버리고 홀로 도망칠 것이라고는 생각하지 못한 것일까?

귀혼추살대 살수들이 기겁을 하며 급히 연운비에게 살수를 뻗쳐 왔다. 심지어 백개명과 유사하를 상대하던 살수들까지 몸을 날렸다.

아무리 살수들의 신법이 뛰어나다 하지만 상대는 다름 아닌 무경의 경지에 근접했다고 알려진 신검이다. 도망치기로 작정한다면 막을 수 없었다. 더욱이 애초 하체를 노린 것이 아니기에 신법을 펼치는 데 지장도 없었다.

그 순간이었다.

콰콰콰콰쾅─!

실로 엄청난 폭음.

무엇이 터진 것인가?

자욱한 연기와 함께 우레와 같은 폭발음이 터져 나왔다. 그 폭발의 중심에는 연운비와 십여 명에 가까운 살수들이 있었다.

"크악……."

"끄으윽……."

참담한 장내.

대여섯에 달하는 살수들이 즉사했고, 그와 비슷한 수가 운신할 수 없을 정도의 큰 부상을 입었다.

모두가 연운비의 도주를 막기 위해 움직였던 이들이었고, 백개명이 무엇인가를 던지는 모습을 보았다지만 설마 동료가 있는 곳에 화탄을 던질 것이라고는 생각하지 못했기에 일어난 일이었다.

"으흐… 찢어 죽일……."

여기저기 검게 그슬린 야이한이 매서운 눈빛으로 연운비를 노려보았다.

어느새 도망쳤는지 백개명과 유사하는 뒷모습조차 보이지 않았다.

"크큭, 상관없다. 그런 떨거지들 따위야 언제든지 죽일 수 있으니. 이 일을 후회하게 만들어주마."

애초 목표로 삼았던 것은 신검.

다른 이들이야 어찌 되었든 간에 신검만 잡으면 그만이다. 수하를 잃은 것은 아까운 사실이지만 어차피 청운 진인을 상대했다면 이들 대다수가 죽었을 것이다.

야이한은 힐끗 피육으로 변한 수하들을 바라보았다.

마지막 순간 몸을 피하지 않았다면 그조차 저런 꼴을 면치 못했을 것이리라.

"으흐… 모두 쳐라!"

살아남은 십여 명의 살수가 일제히 연운비에게 쇄도했다. 그중에서는 적잖은 부상을 입은 자들도 있었지만 하나같이 지독한 살기를 내뿜고 있었다.

챙! 채채챙!

이제부터가 진실 된 싸움이다.

검망밀밀에서 천잠변(天蠶變)으로 이어지는 초식의 변화.

초식은 하나였으되 이어짐은 끝이 없으니 조화를 이룬 상청무상검도의 위력은 웅장하고도 웅장했다.

좌악―

그러나 아쉬운 점은 연운비가 이미 적잖은 부상을 입었다는 사실.

움직임이 둔탁하고 내기가 실려 있지 않으니 자연 그 위력이 제대로 발휘될 리 없다.

날카로운 두 개의 기형 칼이 연운비의 왼쪽 어깨와 허벅지 어림을 스치고 지나갔다.

"후욱후욱……."

화탄의 폭발을 막기 위해 천리무애의 초식을 펼쳤지만 그 위력에서 완전히 벗어날 수는 없었다.

어찌 보면 당연한 일이었다.

폭발의 중심에 있었던 것은 연운비였고, 굉천뢰가 그 정도의 위력도 없었다면 그다지 많은 인원을 보유하고 있지도 않았던 철기풍운막이 강남일패로 불리지도 않았을 것이리라.

주르륵…

연운비의 얼굴에서는 끊임없이 피가 흘러내렸다.

살수들의 병기가 폭발로 인해 부서지며 그 파편 중 하나가 검막을 뚫고 얼굴에 박힌 것이다. 그로 인해 화상까지 입게 된 연운비의 한쪽 얼굴은 끔찍할 정도로 손상되어 있었다.

그 정도가 너무 심해 치료를 한다 해도 상처는 도저히 없어지지 않을 것 같았다.

그러나 그깟 화상 따위보다 부담이 되는 것은 그 부상으로 인해 한쪽 눈이 제대로 보이지 않는다는 사실이었다.

"윽……."

이를 악물어 보지만 신음성이 흘러나오는 것은 어쩔 수 없었다. 그만큼 상처에서 오는 고통은 지독했다.

그러나 후회는 없었다.

이 방법이 최선이었고, 다시 같은 상황이 온다 하여도 이 방법을 택하리라.

"파하하!"

기합성. 그것에는 연운비의 의지가 깃들어 있다.

죽음이 두렵지 않다면 그것이 거짓이다.

중요한 것은 곤륜의 무인으로서 적을 만나 언제나 당당하게 임한다는 사실.

그것이 가장 중요한 것이다.

캉! 카캉—!

검에서 검기가 뻗어나가고 부딪친 살수들의 기형 칼이 부러져 나갔다.

이것이 같은 검기라지만 무경의 경지에 올라서 신검합일을 바라보고 있는 무인과 그렇지 않은 무인과의 차이였다.

중첩(重疊)의 검기.

설령 검강이라고 하여도 검세를 뚫기는 쉽지 않을 것이리라.

"으흐흐… 마지막 발악인가?"

그러나 야이한만은 그런 연운비의 공격이 최후의 공격이 되리라는 것을 파악하고 있었다.

설령 오왕이라 하더라도 그 정도의 폭발에서 심각한 내상을 입지 않았다면 그것이 이상한 일. 더욱이 그전부터 연운비는 부상을 입은 상황이었다.

콰직!

마침내 기회를 보고 있던 야이한의 기형 낫이 연운비의 왼쪽 팔을 베고 지나갔다.

뼈까지 잘라낼 것 같은 그 충격에 연운비의 신형이 휘청였다.

'이것이 마지막이라면…….'

지독히도 숨이 가빠왔다.

무인으로서는 있을 수 없는 일. 그것은 내상이 가중되어 진기가 통제를 벗어났다는 것이었다.

그럼에도 연운비는 검을 들었다.

그것이 이 검의 주인에게 부끄럽지 않은 일이었고, 곤륜의 무인으로서 당연한 일이었다.

'후회를 남기지는 않겠다.'

검을 쥔 연운비의 손에 힘이 들어갔다.

"어허헝—!"

연운비는 오래전부터 생각하던 하나의 초식을 펼쳤다.

일운극뢰(一雲極雷)!

상청무상검도의 후초식들 중 하나인 그것은 자연을 닮고자 하는 상청무상검도의 진실한 위력이 스며들어 있는 초식이었다.

진기가 이어지지 않는다 해도 의지만으로 검을 펼친다.

단설참이 모든 것을 벤다면 일운극뢰는 모든 것을 압도하는 초식이었다.

콰콰콰쾅—!

기이한 것은 위력이 없어야 함에도 검에서 뻗어 나오는 기운은 천지를 뒤흔들 듯 가공하다는 사실이었다.

천지검.

또 하나의 인연에 담긴 의미는 그렇게 연운비를 새로운 경지로 올라서게 만들고 있었다.

"크악!"

"커어억……."

비명이 터져 나오고 파상적으로 공세를 퍼붓던 살수들이 벽에 부딪치기라도 한 듯 피분수를 토하며 튕겨져 나갔다. 그 중심에는 연운비가 있었고, 그가 펼친 일운극뢰의 초식이 있었다.

"으흐… 이놈!"

야이한이 매서운 눈빛으로 연운비를 노려보았다.

살아남은 수하라고 해보아야 고작 서넛. 귀혼추살대의 인원이 모두 합해보아야 오십여 명이 되지 않는다는 점을 가정할 때 너무 큰 피해를 입었다.

"으흐… 뼈까지 씹어먹어 주마."

야이한은 대놓고 연운비에게 다가갔다. 이미 연운비가 저항할 능력을 상실했다는 것을 파악한 것이었다.

휘이잉―

그 순간 바람이 불어왔다.

북녘에서 불어온 바람은 아직은 겨울이 끝나지 않았다는 것을 알리기라도 하듯 시린 바람이었다.

휘청.

그와 동시에 검을 벗 삼아 버티고 있던 연운비의 신형이 휘청거렸다. 그러나 쓰러질 듯하던 연운비의 신형은 어떤 힘에 이끌리기라도 한 듯 다시 세워졌다.

그 순간 들려온 음성.

"유령문의 실수들인가?"

그것은 북녘의 바람과는 어울리지 않는 너무도 따스한 음성이었고, 또한 너무나 익숙한 음성이기도 하였다.

"무리를 했군. 이제 그만 쉬게."

"막 대협……."

천 근처럼 짓누르는 눈꺼풀 속에서 연운비는 희미하게나 익숙한 뒷모습을 볼 수 있었다.

"이곳에는 어떻게……."

"갑자기 자네의 얼굴이 보고 싶더군. 곡차도 한잔 나누지 못하고 보낸 것이 마음에 걸리더이."

스르륵…….

긴장이 풀어진 것인가?

고목처럼 버티고 있던 연운비의 신형이 무너져 내렸다. 막중명이 그런 연운비의 신형을 조심스레 바닥에 눕혔다. 화상으로 짓뭉개져 있는 얼굴이 눈에 들어왔지만 이 정도에 그친 것이 오히려 다행이라는 생각이 들었다.

만약 그 실낱같은 느낌에 말머리를 돌리지 않았더라면… 그랬다면 다시는 연운비를 보지 못하였으리라.

인연은 소중하다고 했던가?

바로 이것이 인연의 소중함이었다.

"으흐흐… 그자로군."

야이한은 막중명을 알아보았다.

화산에서 그리 멀리 떨어지지 않은 곳에서 스치듯 지나쳤던 장년 도인.

죽일까 하는 생각도 들었지만 때가 아니라 생각하여 그냥 지나친 것이 화근이었다.

"지금이라도 돌아간다면 목숨을 부지할 수 있을 것이다."

막중명이 검을 세우며 말했다.

당장에라도 이곳에 있는 모든 자들을 참하고 싶었지만 그러기에는 연운비의 존재가 부담이 되었다.

"으흐흐… 같잖은 소리를 하는군."

야이한은 비릿한 미소를 지으며 기형 낫을 휘둘렀다.

행로가 바뀌었다는 것이 못내 아쉬웠다.

귀혼추살대 살수 스무 명이라면 삼검이나 오왕도 상대할 수 있다지만 그것은 어디까지나 어둠 속에서의 일이었고, 이렇듯 벌건 대낮이라면 아무래도 힘들다.

우웅! 우우웅—!

위협을 하기라도 하듯 사슬에 매달려 있는 낫이 기괴한 소리를 흘리며 쇄도했다.

캉!

그런 낫을 막중명은 가볍게 쳐내었다.

"감히!"

막중명의 검에서 두 치 정도 되는 검기가 숫구쳤다.

'이자……?'

야이한은 놀라지 않을 수 없었다.

기세를 드러낸 막중명의 무위는 신검이라 불리는 연운비에 못잖은 것이었다.

'으흐… 화산에 이런 자가 있었나?'

야이한은 주위를 살펴보았다.

수하 넷이 있다고는 하지만 대부분 부상을 입은 자들이었다.

살수라고는 하지만 귀혼추살대를 이끄는 야이한의 무공은 낮은 것이 아니다.

최절정을 넘어 살수지검(殺手之劍)을 바라보고 있다고 해도 과언이 아니었다.

그러나 중요한 것은 이런 대낮에는 그의 능력이 삼 할 이상 감소된다는 것이었고, 무엇보다 야이한 역시 폭발의 영향에서 완전히 벗어나지는 못했다는 사실이었다.

살수들의 무공이 극대화되는 것은 짙은 어둠과 기습이 용이한 지형적 조건이 갖춰진 상황이다.

만약 은신해 있는 상황에서 연운비 일행이 그곳으로 왔다면… 설령 연운비가 아니라 오왕이 그곳에 있었다 한들 죽음을 면치 못하였으리라.

'흐으… 그래도 문책은 면할 수 있겠군.'

수하 스무 명을 잃은 것은 분명 뼈아픈 실책이었지만 화산에 저런 무인이 있다는 사실을 알아낸 것은 상당한 성과였다.

저런 무인이 아무 대책도 없는 상황에서 전장에 나섰다면 빙궁과 대막혈랑대는 어마어마한 피해를 면치 못하였으리라.

"으흐… 오늘이 끝이 아님을 기억하라."

야이한은 물러서기로 마음먹었다.

스스슥—

흔적도 없이 야이한의 신형이 사라지며 살수 넷 역시 신법을 펼쳐 도망치듯 물러났다.

'저런 자와 싸운 것인가?'

막중명은 적이지만 상대의 은신술과 신법에 감탄을 금치 못하였다.

"나도 이쯤에서 물러나야겠지."

목숨을 위협할 정도로 엄중한 부상은 아니었지만 심각한 것은 분명했다.

파팟—!

막중명은 연운비를 둘러업은 채 몸을 날렸다.

第44章

인연은 소중하기에 존재하는 것이다

제44장

"으윽……."

연운비는 형용할 수 없는 고통이 전신을 엄습하는 것을 느끼고 눈살을 찌푸렸다.

"일어났나 보군."

"여, 여기는……."

연운비는 눈을 뜨고 주위를 살폈다.

"무당에서 그리 멀지 않은 곳이네. 그 근처에서 상처를 치료하려 하였으나 이렇다 할 약재가 없어 근처 큰 마을까지 왔다네."

"그렇군요."

"몸은 좀 어떤가?"

"불편한 곳은 없습니다……."

대답을 하던 연운비는 문득 이상한 점을 느낄 수 있었다.

정신을 잃는 순간까지만 하더라도 기혈이 뒤틀리고 상당한 부상을 입은 상태였다. 그러나 지금은 외상을 제외한다면 이렇다 할 부상을 입은 곳이 없었다. 이 정도라면 서너 시진의 운공이면 몸을 회복할 수 있으리라.

"어찌 된 영문입니까?"

"매화검의 손잡이에는 이러한 작은 빈 공간이 있다네."

막중명은 침대 옆에 놓아져 있는 매화검을 들어 손잡이를 비틀었다. 그러자 그 안에는 엄지손톱만한 사각형의 공간이 있었다.

"그것이 무엇입니까?"

"매화검수가 되면 자운단이라 하여 단약을 지급받는다네. 그것을 넣어두는 곳이지."

"그렇군요……."

"하하, 다른 곳에 가서 말하면 아니 되는 일이네."

"명심하겠습니다."

고개를 끄덕이면서도 여전히 연운비는 의문스러웠다.

자신의 상태는 내상단 따위로는 그렇게 쉬이 회복될 수 있는 부상이 아니었다.

막중명의 눈치를 보니 추궁과혈을 한 듯싶었지만 그래도 역시 마찬가지였다.

"솔직히 말씀해 주십시오."

"무슨 말인가?"

"제 상태는 제가 잘 알고 있습니다."

"흠……."

막중명은 머뭇거리며 말을 이었다.

"사실은⋯⋯."

이야기는 길었다. 그것은 오래전 막이랑이 운남행을 떠나기 전 사숙인 청양 진인를 만나면서부터 시작되었다. 청양 진인은 당시 자소단을 막이랑에게 주었고, 막이랑은 그것을 복용할 사이도 없이 변을 당한 것이다.

막중명 역시 자소단을 받았다는 것만을 알았지, 복용하지 않았을 것이라고는 생각지 못했다. 단지 자운단이 있을 것이라 생각하고 열어보았던 것이었다.

"하면⋯⋯."

"어차피 자네에게 갈 물건이었네."

"⋯⋯."

연운비는 차마 말을 잇지 못했다.

자소단이라 하면 자하신단의 제조법을 잃어버린 화산에서 극히 아끼는 것이다.

너무 많은 것을 받았다.

막이랑에게나 그의 형인 막중명에게나.

"다른 사람들은 어찌 되었습니까?"

"밖에서 식사를 하고 있네."

"이곳에 있단 말입니까?"

"그렇다네. 무당의 검수들도 왔더군. 자네가 정신을 잃은 지 삼 일이나 되었다네."

"그렇군요⋯⋯."

"충고해 줄 것이 하나 있네."

돌연 막중명이 진지한 표정으로 말했다.

"말씀하시지요."

"목숨을 가벼이 여기지 말게."

"막 대협……."

"일행의 퇴로를 뚫어준 것을 탓하는 것이 아닐세. 하지만 다른 방법이 있을 수도 있었네."

"……."

연운비는 대답을 하지 못했다.

당시 다른 방법이 있었을까?

그렇지 않았다. 당시로서는 그것이 최선의 방법이었고, 지금도 그것이 최선이라 생각하고 있었다.

혼자 살고자 도망치는 것은 애뇌산에서 한 번이면 족했다.

다시는 그러지 않으리라. 그렇게 다짐을 한 지가 불과 몇 달도 지나지 않았다.

"하하, 어째서 자네를 일협이라 하는지 알겠네."

그런 연운비의 표정을 본 막중명이 쓴웃음을 흘렸다. 고집이 있는 것은 아니었지만 자신의 주관만큼은 분명했다.

"나는 이제 가보아야 하겠네. 무당이 지척이니 별일은 없을 걸세."

"위험할 수도 있습니다."

연운비는 당시 상대했던 살수들을 떠올리며 걱정스러운 표정을 지었다.

"그들은 나의 행적을 모르네. 그러고 보니 어떻게 자네의 행적이 노출되었는지가 궁금하군. 간세가 있다고 하기에도 애매한 상황이거늘."

"저도 모르겠습니다."

"스승님께서 언제고 이런 말씀을 하셨지."

막중명이 자리에서 일어나며 말을 이었다.

"인연은 소중하기에 존재하는 것이라고. 그 말에 담긴 뜻을 이제야 알 것 같으이."

"막 대협……."

"떨어져 있으나 마음만은 하나이니… 부디 몸을 보중하게나. 후일 다시 보게 된다면 그때는 꼭 곡차를 마시도록 하세나."

막중명은 조용히 미소를 지었다.

"그럼 가보겠네."

미련을 가지지 않기 위해서였을까?

막중명은 뒤도 돌아보지 않은 채 그대로 방을 나갔다.

"살펴 가십시오!"

그런 막중명의 뒤로 연운비의 커다란 목소리가 울려 퍼졌다.

후일 호사가들은 팔황겁난에 탄생한 다섯 영웅을 가리켜 이렇게 말했다.

북검과 서협의 의는 무엇보다 깊고 남도와 동마의 피는 붉으니 중권의 위명은 사해를 떨친다.

"어떻게 이 지경까지……."

화상을 입은 연운비의 얼굴을 본 유사하는 차마 말을 잇지 못했다.

무당의 검수들과 함께 향하며 제발 살아 있기만을 빌었건만 사람의 욕심이란 것이 언제나 그 이상을 바라나 보다.

막중명은 연운비의 외상을 치료하기보다 내상을 치유하기 위해 힘썼다.

무인이 가장 큰 부상을 입는 것은 막상 다쳤을 때가 아니라 그 다친 상태에서 치료를 하지 못하였을 때이다.

만약 남은 것이 유사하였다면 얼굴의 화상부터 치료했겠지만 막중 명은 외상보다는 추궁과혈로 막힌 혈도를 뚫어주고 뒤틀린 기혈을 바로잡아 주었다.

"나을 수 있겠지요."

연운비는 그다지 미련이 없다는 표정으로 대답했다.

그깟 외모 따위야 어떻던가.

중요한 것은 아무도 죽지 않았다는 것이고, 이렇게 서로 바라볼 수 있었다는 사실이다.

"연 소협……."

백개명도 차마 고개를 들지 못하고 시선을 돌렸다.

"두 분의 부상은 어떻습니까?"

"지금 저희 부상이 문제인가요?"

유사하가 언성을 높였다.

사람이 아무리 좋아도 그렇지 이것은 해도해도 너무한 것이다. 유사 하 역시 보타암에 살며 많은 사람들을 접해보았고, 그중에서 승려나 도 인도 많았지만 연운비 같은 사람은 보질 못했다.

"막 대협은……."

"떠나셨습니다."

"그렇군요."

만약 막중명이 때맞추어 도착하지 않았다면 연운비는 어떻게 되었 을까?

절로 식은땀이 흘러내렸다.

단 일각, 아니, 반분이라도 늦게 도착했다면 이렇듯 연운비와 얼굴을 마주하고 있지도 못했을 것이리라.

"정말 할 말이 없습니다."

"아닙니다."

"유령문의 움직임이 심상치 않다는 이야기를 언뜻 들었지만 설마 이렇게 노골적으로 한복판에서 움직일 것이라고는 생각지 못했습니다. 모든 게 제 불찰입니다."

"그것이 어째서 백 분타주님의 불찰이겠습니까?"

연우비는 미소를 머금으며 고개를 저었다.

"무당의 도우분들은……."

"밖에서 기다리고 계십니다."

"그렇군요."

"본산까지는 아니더라도 산의 초입까지는 함께 행동할 모양입니다."

무당으로서도 이번 사건은 뜻밖의 일이 아닐 수 없었다.

호북 그것도 북부에서 이런 일이 일어났다는 것은 경계망이 그만큼 무뎌졌다는 것을 의미한다.

이전이었다면 결코 일어날 수 없는 일.

팔황의 발호 이후 무당의 시선이 장강으로 집중되어 있기에 발생한 일이었다.

"의원님께서 수술을 하면 나질 것이라 하셨어요."

유사하가 조심스레 말을 꺼냈다.

"이대로도 괜찮습니다."

"하지만……."

"낮게 된다면 낮게 되는 것이고, 그렇지 않다면 그대로도 상관없습니다. 중요한 것은 제가 선택한 길이라는 사실이지요."

부드럽지만 단호하다.

분명 연운비의 이러한 모습은 예전에는 볼 수 없었던 것이다.

"저는 하루 정도 쉬웠다 출발하고 싶은데… 두 분 생각은 어떻습니까?"

"좋아요."

"아무 때나 괜찮습니다."

"드실 것이라도 가져다 드릴까요?"

"야채죽이 있으면 좋겠군요."

"잠시만 기다리세요."

유사하가 서둘러 자리에서 일어나 밖으로 걸음을 옮겼다.

"무당에는… 가지 않는 것이 좋겠습니다."

그러자 그녀의 기척이 완전히 사라진 것을 느낀 백개명이 조용히 입을 열었다.

"무슨 소리십니까?"

"아니, 수로맹으로는 가지 않는 것이 좋겠다는 편이 맞겠군요."

"백 분타주님?"

연운비가 이해할 수 없다는 표정으로 백개명을 바라보았다.

얼마 전까지만 하여도 그곳에 가라 권유한 사람이 백개명이었지 않은가?

"너무 위험합니다."

백개명은 진지한 표정으로 말했다.

수로맹 행을 택한 것은 아무리 수전이라 할지라도 위기에 처한다면 그 한 몸 벗어날 능력이 있다고 생각했다. 그러나 그 생각은 어디까지나 착각에 불과했다.

이 사내… 장강으로 향한다면 살아남을 가능성보다 죽을 가능성이 더 컸다.

백개명은 본능적으로 그것을 느낄 수 있었다.

"어딘들 위험하지 않겠습니까?"

"남궁세가로 가시지요. 아니면 사천으로 돌아가시는 것도 괜찮습니다."

"사천으로는 갈 수 없습니다."

연운비는 고개를 저었다.

백개명의 말을 듣고 무당으로 가고자 했던 이유가 무엇이었던가.

목에 걸린 부적.

그 이유 때문이 아니었던가?

"하면 안휘의 남궁세가로 가시지요."

"어느 곳이 더 좋지 않은 상황입니까?"

"그것은……."

백개명은 말을 잇지 못했다.

분명 안휘의 상황이 하루하루가 위태한 것은 사실이었지만 소림이 움직인다면 상황은 언제든지 반전될 수 있었다.

"무당으로 가겠습니다."

"연 소협?"

"백 분타주님은 어찌하시겠습니까?"

"휴……."

백개명이 말없이 한숨을 내쉬었다.

"가지요. 가야겠지요. 그러나 이것 하나만은 약속해 주십시오."

"무슨……."

"반드시 살아남겠다고. 이기는 것보다 중요한 것은 살아남는 것입니다. 승자는 최후에 웃는 자가 아니라 최후까지 살아남는 자입니다."

"명심하겠습니다."

연운비는 고개를 끄덕여 대답했고 백개명은 그런 연운비의 눈을 바라보았다.

*   *   *

무당산(武當山).

도교의 성지.

청아한 기운이 산 전체에 걸쳐 퍼져 있으니 이보다 더 무당산을 어울리게 표현할 수 있을까?

곤륜이나 화산과는 또 다른 기운을 뿜어내는 산.

소림과 함께 정도 무림을 이끌어가는 두 축 중 하나는 그렇게 현기로운 기운을 뿜어내는 산의 중턱에 자리잡고 있었다.

"좋군요."

연운비는 깊게 숨을 들이쉬며 산의 정기를 만끽했다.

초입에 들어선 무당산의 경계는 생각했던 것보다 삼엄하지 않았다. 그래서인지 화산에서 느꼈던 조금은 아쉬운 감정이 사라지는 듯한 기분이었다.

산 문턱까지 동행했던 무당의 검수들은 임무가 끝났다는 듯 홀연히 사라졌다. 인사조차 제대로 나누지 못한 것을 연운비는 섭섭하게 생각하였지만 삼십 년 전부터 강호 출입을 자제했던 무당이었기에 이해할 수 있었다.

"연 대협은 산을 좋아하시는가 봅니다."

한참 동안 주위의 산세를 바라보기에 여념이 없는 연운비를 보며 백개명이 미소를 머금었다.

"저, 대협이라는 호칭은……."

연운비가 쑥스러워하며 머리를 긁적였다.

언제부터인가 연운비를 대하는 백개명의 말투가 달라져 있었다. 그것은 백개명의 마음을 표현하는 것이기도 했다.

"좋아합니다. 산에 있으면 제 마음이 이상하게도 편해지더군요. 백 분타주께서는 산을 좋아하지 않으십니까?"

"하하, 거지가 추운 산을 좋아할 리가 있겠습니까?"

"백 분타주께서는 이 무당산을 닮았습니다. 무당산의 기운은 청량하면서도 현기가 넘치지요."

"과분한 말씀을 하시는군요."

"무당은 어떤 곳입니까?"

그러고 보니 강호에 나와 무당파의 도인들은 만난 것이 극히 드물었다.

무엇 때문인지는 몰라도 암천회의 난 이후, 무당은 칩거하며 세상과 담을 쌓았다. 큰 행사가 있을 때에도 볼 수 있는 것은 속가제자나 순수한 도인들에 불과했다.

비무대회에도 무당의 후기지수는 참가하지 않았고, 운남행에 참가한 것도 극히 적은 수의 도인들에 불과했다.

일학자(一鶴子).

유일하게 연운비가 만나본 무당의 기인. 그에게서 느껴지는 기운이 이 무당산과 같았다.

"굳이 무당산에 오르지 않아도 상관이 없을 터인데, 무슨 이유라도 있는 것입니까?"

만해도의 주력 병력이 마침내 사혈련을 격파하고 북상하기 시작하자, 무당과 제갈세가에서는 만해도를 상대하기 위해 소속 무인들을 이끌고 남하한 상황이었다.

"만나 뵙고 싶은 분이 있습니다."

"어떤 분인지 궁금하군요."

"백 분타주께서도 알고 계시는 분일 겁니다. 일학자라고 불리시지요."

"아······!"

백개명의 입에서 짧은 탄식이 흘러나왔다.

일학자라면 무당파 장문인의 사숙으로 무공은 익히지 않았지만 도리에 달통해 세인들의 존경을 한몸에 받고 있는 도인이었다.

"그보다 사혈련이 무너졌다고 하던데······."

"무너졌다고 하기엔 애매하고 다시 어둠 속으로 스며들었다고 하는 편이 옳겠지요."

"백 분타주께서는 사혈련에 대해 얼마나 알고 계십니까?"

"글쎄요··· 남들이 아는 만큼이라고 하기에는 어렵고 그보다 조금은 더 많이 알고 있다고 해야 옳겠지요."

아무리 어둠 속에 그 전신을 숨기고 있었다고 하지만 개방의 이목까지 모두 피할 수는 없는 노릇이다. 물론 개방이라 한들 자세한 것까지 알고 있는 것은 아니었지만, 남들보다 더 많이 알고 있는 것은 확실했다.

"연 대협께서는 왜 사혈련에 관심이 있으십니까?"

백개명으로서는 궁금하지 않을 수 없는 일이다.

사혈련이라면 연운비가 태어날 때쯤인 삼십 년 전에는 암천회와의 마찰로 사라진 곳이고, 사혈련이라는 이름을 알고 있다는 것 자체가 이상한 일이라 할 수 있었다.

"제 사제가 그곳에 있을지도 모르기 때문입니다."

"사제라 하시면……."

"둘째 사제입니다. 무악이라 하지요."

연운비는 굳이 무악 사제의 일을 백개명에게 숨기지 않았다.

적어도 사지로 동행한 백개명이라면 충분히 믿을 만한 사람이기 때문이었다.

연운비의 입장에서야 사혈련의 부련주인 적월도객이 철탁개가 거론한 세 명 중 한 명이었으니 신경이 쓰이는 게 당연했다.

물론 그 가능성이 희박한 것은 사실이었지만 그렇다고 해서 완전히 무시하고 있을 수만도 없었다.

"적월도객을 말씀하시는 것이군요."

"그렇습니다."

이미 연운비가 부탁한 일은 암왕과 친분이 있는 개방의 태상 장로를 통해 각 분타로 지시가 내려온 사항이었다. 백개명 역시 알고 있는 일이고 그 후보로 몇 명이 거론되었다는 사항까지도 기억하고 있었다.

"걱정하실 필요 없습니다. 사혈련의 중요 인물들은 전장에서 모두 빠져나갔을 것입니다. 만해도가 사혈련을 공격해서 얻은 이익은 빈 껍

질뿐이겠지요. 삼십여 년 전이라고는 하지만 사파의 종주였던 사혈련입니다. 그리 쉽게 무너질 리 없지요."

"그러나……."

연운비의 얼굴에 의아함이 떠올랐다.

세상이 알고 있는 사실과는 다르다.

분명 얼마 전 들렀던 객잔에서 떠도는 소문에 의하면 사혈련은 큰 피해를 입고 물러났다 하였다.

"물론 제 생각이 틀렸을 수도 있습니다. 그러나 사혈련이 완전히 무너졌을 정도라면 만해도가 고작 그 정도의 피해만 있었을 리 없습니다. 듣기에 만해도는 거의 피해가 없다고 하더군요. 사혈련은 그렇게 만만한 곳이 아닙니다."

개방이 파악한 사혈련의 전력은 적어도 무당과 비슷한 수준. 그것도 가장 작게 잡았을 때의 일이다.

그런 문파를 상대하는 데 피해가 적었다는 것은 아무리 팔황이고 그 중에서 강성한 만해도라 하지만 있을 수 없는 일이다. 정파에 소림과 무당이 있다면 사파에는 사혈련이 있다.

"저도 스승님께 들은 적이 있어요. 그리고 사혈련의 인물을 직접 보기도 하였고요."

유심히 두 사람의 이야기를 경청하던 유사하가 조심스레 말문을 열었다.

"직접 보셨다 하셨습니까?"

"예."

"사혈련의 인물이 어째서 보타암에……."

백개명의 눈에 섬광이 스치고 지나갔다.

이것은 개방에서도 모르고 있던 정보이다.

방주나 태상 장로라면 알지도 모르겠지만 백개명으로서는 접해보지 못한 정보였다.

일개 분타주라 하기에는 이상할 정도로 백개명이 알고 있는 정보는 많았다. 그것은 암중에서 그를 지원해 주는 개방의 젊은 수많은 방도들 때문이었다.

신임을 얻은 자.

그것이 개방에서 백개명을 가리키는 말이기도 하였다.

"저도 잘은 모르겠어요. 커다란 철구를 사용하는 사람이었는데……."

"철구라……."

백개명의 머리가 빠르게 회전했다.

삼십여 년 전부터 지금까지 확인된 사혈련의 무인들 중 적어도 수뇌부에서 철구를 사용하는 사람은 단 한 명뿐이었다.

적안살성(赤眼殺星).

사혈련의 몇 안 되는 원로 중 한 명으로 삼십 년 전에는 부련주라는 직책이었던 무인이다.

비록 십장생 중 일인에게 패해 그 위명이 예전만 못하다 하지만 그것은 어디까지나 십장생들이 강했다 뿐이지 적안살성이 약한 것은 아니었다.

'그가 왜?'

적안살성이라면 비록 일선에서 물러났다 하지만 사혈련을 이끄는 커다란 축이었다. 그가 움직일 정도라면 보타암과 사혈련 사이에 무엇인가 밀약이 있었다는 것이다.

"그것이 언제였습니까?"

"칠 년 정도 전이었어요."

"그렇군요."

칠 년 전이라면 개방조차 사혈련에 대해 파악이 거의 불가능했던 시기. 생각해 보니 사혈련의 종족이 포착된 것도 그 정도쯤이었다.

'무엇인가 있다. 그것을 안다면…….'

정보가 더 필요하다.

아무리 백개명이라 하여도 이런 지극히 단편적인 정보들만으로 여러 가지 사실을 추론하는 것은 불가능한 일이었다.

백개명에게 정보를 전해주는 사람은 많았지만 그것이 고급 정보인 경우는 드물었다.

'아쉽구나. 개방의 이목이 너무 안휘 일대에 집중되어 있다. 만약 나였다면…….'

마곡의 동태를 파악하는 것도 중요하지만 그보다 더 중요한 것은 중원 정세를 명확히 아는 것이다.

지금 개방은 너무 과신하고 있다.

중요한 것은 마곡이 아니라 팔황이다. 팔황 중 마곡이 강성한 것은 사실이지만 그렇다고 해서 다른 문파가 약한 것은 아니었다.

'언젠가는…….'

백개명의 움켜쥔 손에 힘이 들어갔다.

정보를 다루는 문파임에도 그에 적절한 자리에 오르기 위해서는 무공을 필요로 한다.

백개명 역시 그에 반대하는 것은 아니다.

엄연히 개방은 하나의 문파였고, 무공도 필요로 한다. 그러나 그 정도가 너무 과하다. 무공만 된다면 다른 사정을 전혀 고려하지 않는다는 것은 종국에 가서 개방이 성장하는 데에 발목을 붙잡게 될 터였다.

"무당이군요."

산중턱에 이르자 무당 도인 두 명이 산문을 지키고 있는 것이 눈에 들어왔다.

해검지(解劍池).

무당에 대한 존경심을 보여주는 곳.

그 자존심을 지키기 위해 무당은 삼십여 년 전에 검을 들었고, 단 한 걸음도 물러서지 않았다.

비록 그 싸움에서 무당이 패퇴한 것은 분명하지만, 마지막 남은 검수까지 검을 손에서 놓지 않았었다.

"어떻게 오셨습니까?"

"곤륜의 연운비라 합니다. 일학자 어르신을 만나러 왔습니다."

"잠시만 기다리시지요."

장년 도인은 정중히 예를 취하며 본산에 기별을 넣었다.

당금 천하에서 연운비라는 이름 석 자를 모르는 이가 있을까?

그럼에도 불구하고 연운비를 대하는 장년 도인의 태도는 산문을 드나드는 다른 향화객들과 큰 차이가 없었다.

어딘지 모르게 화산과는 다르다.

속세와는 거리를 두고 있지만 민초들과는 거리를 두고 있지 않다. 어쩌면 그것이 화산과 무당의 차이점일 수도 있었다.

"약속이 되어 있으셨군요."

"그렇습니다."

"올라가시지요. 검은 저에게 맡기시면 됩니다."

"부탁드리겠습니다."

연운비는 차마 손에서 떨어지지 않는 매화검을 장년 도인에게 건네고 일행과 함께 무당산을 올라갔다.

"이리로 오시면 됩니다."

어느 정도 산을 올라가자 중년 도인이 나와 연운비 일행을 맞이했다. 본산으로 향하는 것이 아닌 듯 중년 도인은 사람의 발자취가 거의 닿아 있지 않는 곳으로 세 사람을 안내했다.

"저곳입니다. 그럼 저는 이곳에서 기다리겠습니다."

중년 도인이 가리킨 곳에는 낡은 초가집 한 채가 지어져 있었다.

본산에 위치한 무당의 전각들은 수많은 향화객 덕분인지 대다수가 웅장하였지만 막상 무당의 도인들이 머무는 거처는 이와 같이 초라할 정도로 낡은 경우가 대부분이었다.

"다녀오시지요."

"죄송합니다. 저 때문에 괜히……."

연운비는 주위에 마땅히 앉아 있을 만한 곳이 없기에 찬바람을 맞으며 서 있어야 할 두 사람을 생각하니 괜스레 미안한 마음이 들었다.

"아닙니다. 어서 다녀오시지요."

"그럼."

연운비는 두 사람에게 미안한 마음을 금치 못하며 신형을 돌려 초가집으로 향했다.

"허허, 자네가 왔군."

연운비가 올 것을 알고 있었음인가?

일학자는 문을 두드리기도 전에 쓰러져 갈 것 같은 싸리문을 열고

나왔다.

"알고 계셨습니까?"

"귀곡자가 그러더군. 가장 추운 날 자네가 찾아올 것이라고."

"그러셨군요……."

"들어오게. 아직 젊은 사람들에게는 이 같은 추위가 문제가 되지 않을 터이니 일행 걱정은 하지 말게."

실내로 들어서자 찬 입김이 나오는 외부와는 달리 훈훈한 기운이 전신을 감싸왔다.

"어떤가? 차라도 한잔할 터인가?"

"아닙니다."

"허허, 사양하지 말게. 귀한 손님이 왔는데 차 한잔 대접하지 않을 수 있겠는가? 그렇다고 너무 기대는 하지 말게 흔한 엽차일 뿐이니."

일학자는 손수 끓인 물로 차를 다렸다.

차의 맛은 평범했다. 객잔 같은 곳에서도 흔히 접할 수 있는 그런 엽차였다.

그러나 방 안의 넉넉한 분위기 때문인가?

차에서 느껴지는 풍취는 화산에서 마신 대홍포에 결코 처지지 않았다.

"제가 찾아온 것은……."

"허허, 사제가 걱정이 된 것인가?"

"그렇습니다."

"부적은 어떻게 되었나?"

"아직……."

연운비는 말끝을 흐리며 대답했다.

"그렇구면."

일학지는 어째서 부적이 붉게 물들지 않았는데도 연운비가 찾아온 것인지 그 마음을 이해할 수 있었다.

"이것은 부적이 붉게 물들 때 귀곡자가 자네에게 전해주라던 전서이네."

일학지는 품 안에서 곱게 접힌 양피지 조각을 내밀었다.

"이것은……."

"귀곡자는 부적이 붉게 물들었을 때 자네가 찾아오면 말을 전하려 하였고, 그렇지 않았을 때 자네가 찾아오면 이 전서를 전해주라 하였지."

"어르신."

"귀곡자 그 친구가 아무리 천기를 읽는다 해도 사람의 운명까지 정확히 점칠 수는 없네. 그저 수많은 갈래 길 중 몇 가지를 알고 있는 것일 뿐. 내 생각도 그러하네. 운명은 스스로가 개척해 나가는 것이지 정해진 것이 아니라고."

차를 한 모금 들이킨 일학자가 계속해서 말했다.

"자네 자신을 믿게. 사람은 살아가며 누구나 위험을 겪네. 그 험난함을 견뎌내는 것은 자기 자신에 대한 믿음이네. 허허, 이 늙은이가 쓸데없는 소리를 주절거렸군. 도움이 되었는지 모르겠네."

"많은 도움이 되었습니다."

"떠날 터인가?"

붙잡고 이런저런 이야기를 나눠보고 싶은 것이 일학자의 솔직한 심정이었지만 그럴 수 없다는 것을 누구보다 잘 알고 있었다.

"그렇습니다."

"무당으로 온 것을 보니 장강으로 가려나보군."

"예."

"어젯밤, 하늘에 풍파가 이는 것이 보이더군. 큰 희생이 있겠지. 부디 그 뜻을 이루길 바라네."

배웅하지 않겠다는 듯 일학자는 연운비 앞에 놓여져 있는 찻잔을 치웠다.

연운비는 자리에서 일어난 후 일학자에게 공손히 절을 한 뒤 방에서 나왔다.

겨울이 끝나 가는 시기.

운명이라는 가혹한 이름은 일협에게 진정한 시련을 주려 하고 있었다.

第45章

무인으로서 호적수를 만나는 것은
더할 나위 없는 기쁨이다

제45장

소로(小路)가 내려다보이는 비탈진 산기슭.

그곳에서는 삼십여 명 정도 되는 인원이 바위나 나무 기둥 뒤에 몸을 숨긴 채 은신해 있었다.

이들은 남궁세가의 검수들로 동성(桐城)으로 향한 지원군과는 전혀 별개로 이루어진 별동대였다.

"적들의 수는?"

남궁학이 정찰을 다녀온 사제 명관에게 물었다.

"절정고수만 해도 십여 명, 일류고수는 삼, 사십은 얼추 되어 보입니다."

"오십에 가까운 인원이라……."

일순간 남궁학의 눈에 수심이 어렸다.

이곳에 있는 인원이래 봐야 사제인 명관을 비롯하여 천검대(天劍隊)

검수 스무 명이 전부였다. 그것도 반 수 이상이 부상자였다. 이 인원으로 오십여 명을 상대하는 것은 그야말로 자살 행위나 다름없었다.

"불가능한 작전입니다."

"그렇습니다. 어제와는 상황이 다릅니다. 물러나야 합니다."

천검대 검수들이 하나같이 반대 의사를 표명했다. 기습을 한다 해도 전력의 차이가 너무 컸다.

'사숙, 이럴 땐 어찌해야 한단 말입니까?'

남궁학은 섣불리 결정을 내리지 못했다.

분명 그가 사숙인 무검 남궁천명에게 받은 명령은 이 인원으로 적들의 보급선을 세 곳 이상 차단하라는 것이었다.

'만약 이 일이 실패로 돌아간다면……'

세가연합에는 조직을 개편하고 전력을 정비할 시간이 필요했다. 마곡의 움직임을 전혀 예측하지 못한 것은 아니었지만 그 정도가 너무 빨랐다.

곧이어 하남에서 지원군이 온다 하지만 적어도 달포 이상의 시간이 필요했다. 그 시간을 벌기 위해서는 반드시 적들의 보급선을 끊어놓아야 했다.

이미 본 군이 평성 전투에서 크게 패하고 평산까지 물러나 있다는 사실을 남궁학은 알고 있었다.

'후우우……'

남궁학은 주위에 있는 검수들을 둘러보았다.

이미 어제 있었던 전투에서 상당한 피해를 입었고 남은 인원은 불과 이십여 명이 전부였다.

"사제들… 이 못난 사형이 오늘 사제들에게 죄를 지으려 하네."

남궁학의 말이 끝나자마자 몇 명의 안색이 변하는 것과 동시에 적막이 흘렀다.

그들 역시 남궁학의 말이 무엇을 뜻하는지 모를 정도로 아둔하지 않았다.

"이 사형을 용서하게나."

죽음으로 향하는 길이라는 것을 알면서도 그 길을 가야만 하는 한 무인의 아픔이 그의 표정에 고스란히 담겨 있었다.

"무슨 말씀을 그리 하십니까?"

"그렇습니다. 사형이 아니었다면 이전 전투에서 우리가 살아남을 수도 없었을 것입니다."

남궁학이 천검대의 부대주를 맡고 있다고는 하지만 천검대 검수 모두가 그의 사형제들이나 다름없는 친인들이었다.

결정이 내려지면 번복은 없다.

그것이 천검대 검수로서 그리고 오대세가 중 최고라 자부하는 남궁세가 무인들의 전통이었다.

"가세나."

남궁학이 신법을 펼치는 것을 기점으로 나머지 이십 명의 천검대 검수는 일제히 적도들을 향해 신형을 날렸다.

"지독한……."

군수 물자를 호송 중이던 혈귀대 부대주 냉막심은 이를 갈며 주위에 있는 시체들을 난도질했다. 그러고도 분이 풀리지 않는지 한참 동안 욕설을 내뱉었다.

최근 자주 일어나는 보급 수송에 대한 적의 기습을 역으로 이용하기 위해 수하들을 위장시켜 함정을 파놓고 있었지만, 적은 그 함정에 걸려 전멸하면서까지 군수 물자를 모두 불태웠다.

더욱이 오십여 명이 넘는 수하들 중 살아 있는 인원이라고 해봐야 십여 명 남짓에 불과했다.

"이런 개잡종 같은 놈들!"

몸통과 분리되어 굴러다니는 남궁학의 머리를 걷어찬 냉막심은 물자의 상태를 살폈다.

대부분의 불에 타서 쓸모가 없게 되어버렸다.

별동대들을 일망타진하여 입지를 높이려고 했던 일이 모두 물거품이 되어버렸다.

물론 적지 않은 인원을 사살한 것은 사실이었지만, 아군 측의 피해를 생각한다면 않느니만 못한 상황이었다.

적을 유인하기 위해서는 적어도 그만한 먹잇감을 던져 주어야 했고, 지킬 수 있다고 생각한 그 먹잇감을 모두 잃어버린 것이다.

"얼마나 남았느냐?"

"일 할도 되지 않습니다."

"끙… 금창약과 붕대는?"

"붕대는 전소되었고, 금창약이나 단환들 대부분이 불에 그슬려 쓸모가 없게 되어버렸습니다."

"기가 차는군."

냉막심은 허탈한 표정을 감추지 못했다.

사지가 잘려 나가면서까지도 마차에 불을 지르는 남궁세가의 검수들은 정파의 무인답지 않게 집요한 모습을 보였다. 그 집요함이 결국 그들의 손을 들어주었다.

"너는 이 길로 되돌아가 이 상황을 전해라. 나는 평산으로 향해 마 군께 이 사실을 알리겠다."

"존명!"

명령을 받은 수하 하나가 곧장 신형을 날렸다.

'어렵게 되었군.'

멀어져 가는 수하의 뒷모습을 보는 냉막심의 표정은 무척이나 어두 워 보였다.

＊　　　＊　　　＊

"어째서 후퇴 명령을 내리신 것입니까?"

혈귀대주 전흠은 이해할 수 없다는 표정으로 오대마군 중 일인인 유 령마군에게 물었다.

공식적으로 전흠과 유령마군의 서열은 비슷했지만 일월마군과 의형 제를 맺었다는 사실을 알고 있기에 전흠이 유령마군을 대하는 태도는 상당히 공손했다.

조금만 더 몰아쳤다면 무검 남궁천명이라는 대어를 잡을 수 있었다.

무엇보다 그러지 못했다는 것이 전흠의 마음을 불편하게 만들고 있 었다.

"으흐흐, 내가 내린 명령이 아니네."

유령마군의 입에서 음산하면서도 괴기로운 소리가 흘러나왔다.

"하면……."

"대형께서 내리신 명령이네."

"……."

전흠의 표정이 살짝 변했다.

내심 어느 누구보다 일월마군에 대해 잘 알고 있다고 자부하던 전흠이다.

싸움에 임해 죽을지언정 물러서지 않는다.

마곡의 율법 중 하나를 누구보다 충실히 지키는 무인이 바로 일월마군이었다.

지금껏 산동, 강소를 무너뜨리며 어떤 상황에서도 일월마군이 후퇴명령을 내린 적은 없었다.

율법이라고는 하지만 백여 년 전 팔황의 난이 실패로 돌아가고 당시 곡주였던 위지천생은 그 율법을 폐지시켰다. 원로원에서조차 그 의견을 만장일치로 받아들였다.

당금에 와서 마곡의 어느 누구도 그 율법을 지키지 않았지만 오직 일월마군만큼은 그 율법을 지켜왔다.

어쩌면 마곡의 원로들이 일월마군을 기피하는 이유가 그런 극단적인 성격 때문인지도 몰랐다. 그러나 전흠만큼은 누구보다 그런 일월마군을 마음속 깊이 존경했다.

"으흐흐, 어느 누구도 이기고 있는 상황에서 물러나는 것을 후퇴라 생각하지 않지. 이 보 전진을 위한 일 보 후퇴라는 말조차 싫어하시는 것이 대형이 아니셨던가?"

"무슨 이유가 있으셨습니까?"

쌍수도를 들었을 때와 그렇지 않았을 때의 전흠의 모습을 마치 다른 사람을 보는 듯싶었다.

쌍수도를 들었을 때 전흠의 모습이 피에 전 혈귀의 모습이라면 지금은 마치 군자를 보는 양 진중하기 이를 데 없었다. 그런 전흠을 가리켜 혈귀대원들은 쌍면염라(雙面閻羅)라 부르기도 했다.

바로 전흠의 부친이 마곡의 두 주력 병력 중 한곳을 이끌고 있는 냉면염라였고, 그것을 빗대어 하는 말이었다.

"으흐흐, 모르겠네. 알아듣지 못할 말을 중얼거리시더군."

"그나저나 대군께서 돌아오셨다는 소문이 돌더군요."

"으흐흐, 누가 그런 소리를 하나?"

일순간 유령마군의 전신에서 가공할 만한 살기가 솟구쳤다. 전흠조차 그 살기에 질려 한 걸음 뒤로 물러났을 정도였다.

"저도 소문으로만 들은 사실입니다."

"으흐흐, 대형 앞에서 괜히 그런 소리를 하지 말게. 수하들 입단속시키는 것도 잊지 말고."

"저도 알고 있습니다."

지금 무상 북궁무백이 돌아온 사실이 일월마군의 귀에 흘러들어 간다면 일월마군은 모든 것을 팽개치고 곧장 곡으로 향할 것이다.

힘들게 얻은 지휘권.

일월마군이라면 몰라도 나머지 사대마군이나 그를 따르는 전흠은 포기할 수 없었다.

"한데 마군께서는 어디에……."

"으흐흐, 나도 모르네. 뭔가를 찾으러 가신다 하였는데……."

아무리 신법에 능한 유령마군이라 할지라도 감히 일월마군 정도 되는 고수가 작심하고 혼자 움직이는데 그 종적을 발견하기란 여의치 않았다.

"으흐, 곧 돌아오실 터이지. 그보다 보급선의 경로가 자꾸 놈들에게 노출되고 있는 실정이라 들었네. 신경을 좀 쓰는 것이 좋겠군. 현재 가지고 있는 분량으로는 얼마 버티지 못할 것이니."

"알겠습니다."

전흠이 조용히 고개를 끄덕였다.

저벅저벅…….

묵직한 걸음걸이. 한 손에 기병기 냉월마극(冷月魔戟)을 든 일월마군의 신위는 가공했다.

"누, 누구냐!"

"적의 기습……!"

서걱—!

보초를 서던 두 명의 무사의 목이 날아갔다.

단 일 합. 그것도 그들의 손조차 허리춤에 걸려 있는 검집으로 가져가지 못했다.

중병기인 극을 일월마군은 마치 연검처럼 휘두르고 있었다.

"적이다!"

"적이 침입했다!"

두 진영의 본 진은 십 리 정도 떨어져 있었지만 경계는 본 진에서 삼사 리 떨어진 정도까지 서고 있었다.

외각의 경계에서 나타난 일월마군을 고작 정찰이나 하는 무인들이 막을 수는 없었다.

'우리의 상대가 아니다. 본 진에 알려야 한다.'

정찰조장 팽가위는 가슴이 섬뜩해져 오는 것을 느끼고 급히 신형을 돌려 본 진으로 향했다.

주위에 어림잡아 이십여 명이 넘는 인원이 있었지만 그들로는 저자를 막을 수 없을 듯싶었다. 세가 내에 어떠한 무인들도 저자와 같은 기도를 뿜어내지 못했다.

"왜… 오지 않는가?"

일월마군은 하루살이를 내쫓듯 달려드는 팽가 무인들을 도륙하며 세가연합 본 진이 있는 곳을 바라보았다.

무엇인가 알지 못하는 이질적인 기운.

전장의 후미에 있던 그조차 느낄 수 있던 그 강렬한 기운을 접하는 순간 일월마군의 전신에는 소름이 돋았다.

그것은 평생을 살아오면서 느껴보지 못했던 기분이었다.

시끄러운 전장의 한복판에서 승부를 결할 수는 없는 일. 그 이유 때문에 일월마군은 거의 움켜쥐었다 해도 과언이 아닌 승기를 포기하면서까지 병력을 물렸다.

그러나 일월마군이 병력을 물리는 것과 동시에 기다렸다는 듯이 그기운은 흔적도 없이 사라졌다.

팟! 파파파팍!

멀리서부터 세가연합의 고수들이 몰려오는 것이 눈에 들어왔다.

그들이 두려운 것은 아니었지만 아무리 일월마군이라 하더라도 수십, 수백의 적들이 부담스러운 것은 사실이었다. 더욱이 그 기운의 주인은 일월마군이라 하여도 장담할 수 없는 고수라 짐작되는 무인이었다. 그런 무인과 싸우는데 최선의 몸 상태로 싸우지 않는다면 그것은 무인으로의 자격이 없는 것이다.

"귀찮군."

시산혈해(屍山血海).

이미 그의 주위에는 시체가 피를 이루고 있었다.

마도십병(魔道十兵) 중 하나라 알려져 있는 냉월마극은 그날만 해도 다섯 자는 족히 되었고 백 근에 달하는 무게였다.

부딪쳐 오는 병기는 그대로 산산조각 나 으깨져 버렸고 어지간한 중병기조차 그것은 마찬가지였다.

"일월마군……."

면식이 있던 창천뇌검(蒼天雷劍) 남궁파가 대번에 일월마군의 신분을 알아보았다. 그의 옆에는 팽가의 원로인 팽무웅이 최정예라는 오호단혼대(五虎斷魂隊) 스무 명과 일전을 결할 자세로 서 있었다.

"혼자 온 것인가?"

"그 기운의 주인은 누구이지?"

"허허……."

남궁파는 감탄을 금치 못했다.

설마 하는 생각은 가지고 있었건만 주위 어디를 보아도 다른 마곡 무인들의 흔적은 보이지 않았다.

무인으로서의 욕구.

그것이 일월마군을 이 자리에 서 있게 만든 이유였다.

"그는 지금 이곳에 없다네."

남궁파는 일월마군이 누구를 말하는 것인지 알고 있었다.

그의 존재를 아는 것은 세가연합에서도 극소수에 불과했고 고작해야 서넛이나 알고 있을까 하는 정도였다. 심지어 군사인 지다성 제갈헌조차 얼마 전에야 알게 된 사실이었다.

"무슨 소리지?"

"말 그대로일세."

"그런가?"

일월마군은 남궁파의 말을 믿지 않았다.

지금 세가연합의 상황은 지극히 좋지 않았다. 그런 상황에서 그만한 고수를 다른 곳으로 돌렸다는 것은 이치에 닿지 않았다. 저 어디엔가 그 기운의 주인이 자리하고 있을 것이리라.

"저자가 일월마군인가?"

"그렇다네."

옆에서 지켜보고 있던 팽무웅이 전음으로 남궁파에게 물었다.

"한데 어째서 공격하지 않는 것인가? 지금이라면 저자를 잡을 수 있지 않겠나?"

"어려울 걸세."

남궁파가 단호히 고개를 저었다.

그가 도망치고자 마음먹는다면 여기 누가 그를 잡을 수 있겠는가?

적어도 오왕 정도의 고수가 아니고서야 일월마군을 상대할 수 없었다.

'허허, 그 정도였단 말인가?'

팽무웅은 씁쓸한 표정을 감추지 못했다.

백중지세(伯仲之勢).

절친한 지기로서 남궁파와 팽무웅은 서로를 누구보다 잘 알고 있었다.

오호단원대 무인 스무 명이라면 팽무웅으로서 반드시 필패라고는 할 수 없겠지만 분명 이기는 것은 쉽지 않았다. 그런 전력과 팽무웅이 이곳에 있음에도 남궁파는 승리를 자신하지 못하고 있었다.

"모조리 죽여 버리면 나올 수밖에 없겠지."

일월마군이 냉월마극을 치켜들었다.

진력을 소비하지 않은 상황에서 부딪쳐 보고 싶었지만 상황이 여의치 않다면 그 정도 손해는 감수할 수 있었다.

"갈! 도가 지나치구나!"

결국 참지 못한 팽무웅이 도를 빼 들었다.

무공이 강하다고 해서 승패가 판가름난다면 강호라는 세계는 지금까지 존재하지도 못했을 것이리라. 도를 빼 든 팽무웅은 이번 싸움에서 그것을 보여주고자 하였다.

그 순간이었다.

휘이잉―

어디선가 한줄기 바람과 함께 하나의 인영이 장내에 내려섰다.

낡은 승포를 입은 인영은 어딘지 모르게 기이한 느낌을 주는 승려였다.

두근두근…….

승려를 보는 순간 일월마군은 심장이 격하게 뛰는 것을 느낄 수 있었다.

바로 이 느낌이었다.

숙명을 느껴보았는가?

일월마군의 심정이 바로 그와 같았다.

무인으로서 가장 희열을 느끼는 것이 바로 호적수를 만나는 순간이 아니겠는가?

일월마군은 본능적으로 눈앞의 승려가 그의 일생일대의 호적수라는 것을 느낄 수 있었다.

"소림인가?"

"……."

승려에게서는 아무런 대답도 흘러나오지 않았다. 그저 조용히 고개를 숙일 뿐이었다.

"하긴 어딘가가 무슨 상관일까? 중요한 것은 지금 그대와 내가 이렇게 마주하고 있다는 사실뿐이지."

일월마군은 조용히 극을 승려에게 겨누었다.

일순간 주위의 모든 기파가 한곳으로 집중되었다. 극의 끝에는 승려가 자리하고 있었다.

쿵—!

진각과 함께 냉월마극이 한줄기 빛이 되어 뻗어나갔다.

일자참(一字斬)!

지극히 간단한 초식이었지만 세상을 뒤엎기라도 할 듯 극에 실린 힘은 극강했다.

그와 동시에 승려의 두 소맷자락이 펄럭이며 권력이 뿜어져 나왔다.

콰콰쾅!!

가공할 만한 파괴력.

그 엄청난 충돌에 주위에 있던 무인들이 일제히 뒤로 물러났다. 자칫 두 무인이 내뿜는 기세에 휩쓸리기라도 한다면 누구도 살아남을 수 없었다.

두어 걸음 뒤로 밀려난 승려가 재차 주먹을 휘둘렀다.

백보신권(百步神拳)!

그것은 바로 소림 칠십이종 절예의 하나로써 정종무학의 기틀을 마련한 무학 중 하나라고 알려진 백보신권이었다.

대승반야신권(大乘般若神拳)과 함께 소림 이대권법이라 불리는 백보신권은 내공이 뒷받침되지 않는다면 펼칠 시도조차 할 수 없어 오래전 실전되다시피 한 무학이다.

"크하하하!"

일월마군의 입에서 호쾌한 대소가 터져 나왔다.

이보다 즐거울 수 있을까?

평생을 통틀어 이런 기분을 느껴본 적이 없었다. 무상 북궁무백과 싸울 때도 이 정도는 아니었다.

"다시 간다!"

일월마군은 내공을 끌어올렸다.

그러자 극에서는 또 다른 빛이 났다. 분명 무경의 경지에 이른 무인들의 병기에서 뿜어져 나오는 빛은 일반적인 검기나 도기와는 무엇인가가 달랐다.

콰르르릉—

이보다 패도적일 수 있을까?

극은 반선의 형태로 날아들어 일직선을 찔러왔다.

그것은 마곡의 칠대절학 중 하나인 극마제령창(極魔制靈槍)을 극으로 펼친 수법이었다.

이미 일월마군의 무공은 익힌 무공을 스스로가 발전시킬 수 있는 경지에 이르러 있었다.

위력 면에 있어서는 나머지 칠대절학 중 하나인 칠륜마륜(七輪魔輪)과 가장 극강하다고 알려진 극마제령창은 일월마군의 손에서 더욱 그 빛을 발하고 있었다.

그러나 그런 일월마군을 상대하는 승려의 무공 역시 조금도 처지지 않는 것이었다.

정종무학의 최고봉 소림.

그것은 그 이름이 가지는 무게감과 백보신권이라는 또 하나의 신화를 창조해낸 소림 무인의 의지였다.

쩡! 쩌저저정—!

누구도 물러서지 않았다.

강함을 강함으로 다스린다.

무당이나 화산과는 확연히 다른 기질.

그것이 바로 소림 무학의 원리가 아니겠는가?

두 무인이 만들어내는 기파가 평산을 떨쳐 울렸다. 후일 평산대첩이라 불리는 싸움에서 분명 패한 것은 세가연합이었지만 중권(中拳)만은 패하지 않았다고 한 것은 잘못된 말이 아니었다.

대승반야신공(大乘般若神功)!

소림 무학을 모두 보여주려는가?

백보신권의 위력이 한층 거세졌다. 그와 동시에 일월마군에게서 뿜어져 나오는 기세 역시 강해졌다.

그 순간이었다.

스스스슥—

일단의 무리가 일월마군의 등 뒤에 모습을 드러냈다.

어림잡아 백여 명 이상으로 보이는 그들은 마곡의 정예 혈귀대였고, 그들의 선두에 있는 이는 유령마군과 혈귀대주 전흠이었다.

그들의 등장으로 인해 두 사람은 어쩔 수 없이 싸움을 멈출 수밖에 없었다. 더욱이 그들뿐만 아니라 세가연합에서도 속속들이 지원군이 몰려오고 있었다.

"무슨 일이냐?"

지극히 차가운 말투.

수하라고는 하지만 그토록 원하던 싸움을 멈춘 이들이 좋게 보일 수만은 없었다.

"흐으으, 문제가 발생했습니다."

"문제라니?"

유령마군이 전음으로 말했지만 일월마군은 그렇게 하지 않았다. 심기가 불편하다는 뜻이다.

"흐으으, 보급선이 모조리 붕괴되었습니다."

"무슨 소리냐?"

그제야 상황의 심각성을 깨달은 일월마군이 전음으로 답했다.

"남아 있는 식량은?"

"흐으으, 거의 없습니다. 더욱이 부대주 냉막심이 군수물자마저 지키지 못해 당장 전투도 불가능한 실정입니다."

수뇌층의 무기야 대부분 상품의 것이고, 양호하다지만 일반무사들까지 그런 것은 아니었다.

그들은 수시로 무기를 수리해 주거나 교체해 주어야 했고, 그러지 못한다면 당장 전투에 동원시킬 수 없었다.

더욱이 남아 있는 식량도 없다는 것은 더 이상 싸움을 이어나갈 여력이 없다는 사실을 뜻하는 것이었다. 아무리 무림인들이라 하여도 먹지 않고 싸울 수는 없었다.

"그래서 어쩌자는 것이냐?"

"흐으, 우선은 동성(桐城)까지 물러나야 합니다. 그리고 일시에 몰아 붙여야 하겠지요."

'흐음……'

일월마군은 시선을 돌려 승려를 바라보았다.

이토록 아쉬울 수가 있을까?

이제야 만난 것이 한스러울 정도였는데 그런 상대를 두고 물러나야 한다니.

일월마군은 이 순간만큼 무상 북궁무백이 부러울 수가 없었다.

원해서 한 일이었지만 지휘권이 있다는 사실이 지금의 상황에선 크나큰 짐이 되고 있었다.

'밀법승이겠지.'

일월마군은 승려가 누구인지 어느 정도나마 짐작하고 있었다.

밀법승(密法僧).

백여 년 전 팔황의 난 당시 잠시 모습을 드러냈던 밀법의 전수자가 틀림없었다.

'역시 소림이라는 것인가?'

승려의 나이는 제법 들어 보였지만 불혹이 넘지는 않은 듯싶었다. 그런 자가 이 정도의 무위를 보유하고 있다는 것은 소림이기에 가능한 일이었다.

지금이야 일순간 득세를 하고 있다지만 소림이 움직이는 순간 이번 전쟁은 또다시 흐름이 바뀌게 될 것이리라.

"오늘은 물러가도록 하지. 그러나 곧 다시 만나게 될 것이다."

다른 이들은 신경도 쓰지 않는 태도로 승려를 바라보던 일월마군이 등을 돌렸다.

스스슥—

그와 동시에 유령마군과 혈귀대 역시 일월마군을 따라 신형을 날렸다.

"몸은 어떤가?"

적들이 완전히 사라졌다는 것을 느낀 남궁파가 조심스럽게 승려에게 말을 건넸다.

"……."

승려는 아무 말없이 고개를 끄덕였다.

그 모습을 옆에서 지켜보던 팽무웅이나 원로 고수들의 얼굴빛이 변했다.

배분은 알 수 없으나 제아무리 배분이 높다 해도 남궁파보다 높을 수는 없었다.

그것은 설령 승려가 소림신승이라 불리는 무학 대사의 제자라 해도 마찬가지였다.

"아, 내가 말을 하지 않았군. 보다시피 이 사람은 말을 할 수 없다네. 그러니 혹여 언짢게 생각하지 말게나."

"아……."

그제야 팽무웅의 얼굴빛이 풀어졌다.

"그들이 물러간 것을 보면 학이가 성공한 모양이군."

"그게 무슨 소린가?"

"천검대를 동원해 후방 교란 작전을 따로 운용하였네."

"하면……."

"작전이 성공한 모양일세."

남궁파는 안도의 한숨을 쉬었다.

이로써 당장이라도 무너질 것만 같았던 평산 방어산이 당분간은 안전해진 것이다.

"이만 돌아가서 쉬는 것이 어떠한가?"

"……."

승려는 고개를 끄덕이고 몸을 돌렸다.

어찌 된 영문인지는 모르겠지만 승려는 무척이나 피곤해하는 모습이었다.

"대체 누구인가?"

"소림에서 온 사람일세. 지원군이라고 해야 옳겠지."

"겨우 한 명을 보내왔단 말인가?"

"그건 아닐세."

남궁파가 슬며시 고개를 저었다.

"그리고 한 명이면 어떤가, 그의 무위를 보지 않았나?"

일월마군. 적들의 수장 중에서도 최고의 무력을 지닌 자. 그와 대등하게 싸웠다는 이유 하나만으로도 그 존재감은 충분했다.

第46章

장강에는 마침내 승천룡의 깃발이 나부끼니

제46장

연운비는 무당의 검수들과 함께 당양(當陽)으로 향했다.

호북에 위치한 대다수의 문파들이 당양으로 집결하고 있었다. 만해도와 대적하기 위해서였다.

길을 떠나기 전 무당의 제자들은 신검이라 불리는 무인을 보기 위해 몰려들었다.

그들 중 대부분이 속가제자였지만 간혹 본산제자들 모습도 보이곤 하였다.

융중산(隆中山)을 근거지로 하여 양양(襄陽)에 그 적을 두고 있는 제갈세가가 합류하고 점차 많은 수의 무인들이 모여들기 시작했다. 그중에서는 천하를 부평초처럼 떠돌던 낭인무사들이나 소속이 없는 무인들도 적지 않았다.

그러나 실제로 대부분의 무인들은 무당과 이런저런 연관이 있는 사람들이었고, 그렇지 않으면 제갈세가와 연관이 있는 자들이었다.

"상당하군요."

"삼십 년 동안 침묵하고 있었지만 무당은 무당이지요."

아무도 부르지 않았거늘 스스로 온다.

그것은 무당이라는 곳에 적을 두고 있는 무인들의 자부심과도 같은 말이었다.

화산이 아무리 속가의 세를 늘린다 할지라도 무당을 뛰어넘지 못하고 있는 이유를 보여주고 있었다.

"무당에서는 무슨 이야기를 나누신 것입니까?"

"제 신상에 관련된 것입니다."

연운비는 대답을 회피했다.

부적과 함께 곱게 접혀져 있는 양피지 조각. 펼쳐 보고 싶은 마음이 천근 같았지만 그럴 수 없었다.

'무악……'

과연 어느 정도 경지에 이르렀을까?

무공이 대사형이라는 위치를 대변해 주는 것은 아니었지만 그래도 사제들에게 약한 모습을 보이기는 싫은 연운비였다.

그것은 오랫동안 연운비가 두 사제에게 더없이 약한 모습만을 보여 왔기 때문인지도 몰랐다.

"저, 연 소협……."

연운비가 이런저런 생각을 하고 있을 때 유사하가 말을 걸어왔다.

"예."

"말씀드릴 것이 있어요."

"무슨……."

"저, 떠나려 해요."

"떠나시다니요, 그게 무슨 말씀이십니까?"

연운비가 영문을 모르겠다는 표정으로 물었다.

애초 유사하가 사천을 떠나온 것은 사문이 걱정이 되어서였다. 하지만 만해도에 의해 보타암으로 가는 길이 완전히 막혀 버린 지금 유사하가 갈 곳은 없었다.

천하에 퍼져 있는 보타암도들이 복건에 모여든다고 하지만 이곳에서 너무 먼 거리다.

더욱이 장강을 건너야 하기 때문에 자칫 잘못하면 위험에 처할 수도 있었다.

"사문이 걱정이 되네요."

"위험한 일입니다."

"연 소협이 말씀하시지 않았나요? 어디인들 위험하지 않겠냐고?"

"그러나……."

"괜찮아요. 제 한 몸 지킬 능력은 되니까요."

유사하가 떠나려는 마음이 확고한 듯 결의에 찬 표정으로 말했다.

그러나 백개명만큼은 어느 정도 눈치채고 있었다.

유사하가 단지 사문이 걱정이 되어 떠나려 한다는 것만이 아니라는 것을.

'후우…….'

유사하는 아련한 눈빛으로 연운비를 바라보았다.

짐이 된다는 것을 알고 있기에… 그랬기에 더 이상 연운비 곁에 남아 있을 수 없던 것이다.

"언제고… 모든 일이 마무리되면 보타암에 와주실 수 있나요?"

"물론입니다."

연운비가 당연하다는 모습으로 말을 이었다.

"스승님께서 그러시더군요. 보타암에서 마신 서홍주가 어느 곡차보다 깨끗하였다고."

"연 소협께서 오시면 제가 몰래 감춰주었던 이십 년 묵은 서홍주를 내놓겠어요."

유사하가 웃으며 말했다.

그러나 그 미소 속에서는 어딘지 모르게 조금은 슬픈 기색이 깃들어 있었다.

"언제 떠나실 생각이십니까?"

이번에는 백개명이 조심스레 물었다.

"오늘이요. 안휘에 들러 사정을 알아본 후 복건으로 향하려 해요."

"조심하십시오."

연운비가 마음이 놓이지 않는 표정으로 말했다.

너무도 위험한 길이다.

물론 드넓은 장강을 만해도가 수중에 넣고 있다고 해서 모든 수로를 통제할 수 있는 것은 아니겠지만 분명 중요한 물길만은 철저히 지키고 있을 것이다.

"차라리 그냥 저희와 계속 함께 행동하는 것이 어떻겠습니까? 그러다 보면……."

그러나 연운비는 더 이상 말을 잇지 못했다.

어쩌면 남는 것보다 떠나는 것이 덜 위험해 처하는 길일 수도 있었다.

"부디… 보중하십시오."

"제가 드릴 말씀을 먼저 하시는군요. 두 분 보중하세요. 꼭 다시 만나 뵐 수 있기를……."

유하사는 그 말만을 남긴 채 한없이 쓸쓸해 보이는 뒷모습으로 길을 떠났다.

연운비는 그 뒷모습을 하염없이 바라보았다.

마음이 시리도록 아픈 것은 단순히 오랫동안 함께 했던 동료가 떠났다는 사실 때문일까?

당양에 집결한 무당과 제갈세가의 병력은 곧장 남하하여 의창(宜昌)으로 향했다.

수로의 중심이 되는 곳.

호북 삼대 요충지가 바로 무한(武漢), 형주(荊州), 그리고 의창을 가리키는 말이다.

비록 그 수는 많지 않다 하지만 무당의 검수들은 운남에서 보여주었던 것과 같이 개개인이 일류고수가 아닌 이가 없었다. 더욱이 속가제자들 역시 웬만한 문파 무인들의 수준을 상회했다.

수로를 끼고 있다는 이유 때문인지 호북에 적을 두고 있는 문파는 그다지 많지 않았다.

천원세가가 있다 하지만 그곳 역시 가솔들이 적은 것으로 유명했고, 그 이외에는 이렇다 할 문파가 없었다.

결국 무당과 제갈세가를 제외한 전 병력이래 봐야 칠백여 명에도 미치지 못하는 인원이었다.

"병력이 너무 적군요."

"어쩔 수 있겠습니까?"

천원세가의 당대 가주 천인기가 주위를 둘러보며 말했다.

형형한 눈빛이 무척이나 인상적인 천인기는 무공도 강할 뿐더러 무척이나 능수 능란한 전술가로 알려져 있었다.

십 년 전에 있었던 산서 녹림 토벌전에서 천인기는 직접 가솔들을 이끌고 그 사실을 입증해 보였고 강호인들은 그런 천인기를 가리켜 일검탕마(一劍蕩魔)라 불렀다.

"어차피 일개 수적들에 지나지 않습니다."

"그렇게만 생각하셔서는 곤란하네."

지다성 제갈헌만큼은 아니라 하지만 나름대로 강호에서 명성을 떨치고 있는 묘수신통(妙手神通) 제갈운이 말했다.

제갈운의 나이는 이제 일흔을 바라보는 원로다. 아무리 천인기라 할지라도 그런 제갈운에게 예의를 갖추지 않을 수는 없었다.

"그게 무슨 말씀이십니까?"

"솔직히 말하자면 여기 있는 이 전력으로 수로맹을 상대하는 것이 가능했겠는가? 그러나 만해도는 그런 수로맹을 무너뜨렸네."

"수전이니 가능한 일이 아니었겠습니까?"

"착각을 하는 것이 있군. 수로맹은 수전보다는 직접적인 교전으로 통해 수로맹을 무너뜨렸네. 나는 변방의 수많은 이국들을 돌아다녔네. 덕분에 수전과 교전의 차이점을 알고 있지. 수로맹을 무시하지 말게. 이곳에서 자신있게 마수신의(魔手神醫) 유문백과 동정어옹 허곤을 이길 수 있다고 말할 수 있는 이가 몇이나 되겠는가?"

제갈운이 고개를 저으며 말하자 좌중이 침묵으로 빠져들었다.

마수신의와 동정어옹이라면 오왕이라 한들 무시할 수 없는 고수들이었다.

그런 무인들이 있음에도 수로맹이 변변한 저항조차 하지 못하고 패퇴하였다는 것은 그만큼 만해도 무인들의 고수 층이 두텁다는 것을 뜻했다.

'수로맹이라……'

한편에서 묵묵히 회의 내용을 듣고 있던 연운비는 상념에 빠졌다.

흔들리는 배 위에서와 육지에서의 싸움은 큰 차이가 있다. 산에서만 머물던 연운비가 수전을 해보았을 리는 만무하였으니 부담이 되는 것이 당연했다.

회의는 그다지 길지 않았다.

회의라고 해보아야 이동 중 야간에 틈틈이 하는 정도에 불과했고, 그마저도 누적된 피로로 인해 점차 짧아지고 있었다. 아무리 절정고수라 한들 충분한 숙면을 취하지 않는다면 싸움에 임해 제 실력을 모두 발휘할 수 없었다.

"다른 의견이 있으십니까?"

"수로맹과의 연계는 어떻게 되었습니까?"

호북 형문(荊門)에 위치한 신응문(神鷹門)의 부문주 웅평산이 질문을 던졌다.

무당과 제갈세가, 천원세가를 제외한다면 호북에서 그나마 강성한 문파로 알려져 있는 신응문은 오래전 무당 속가가 세운 문파였다.

"소식을 전하기가 쉽지 않네."

"그러면……."

"당분간은 단독으로 행동해야 할 듯싶네."

"그럴 만한 배가 있겠습니까?"

"상선을 개조한 것이 있고 제갈세가에서 보유하고 있는 전선이 상당수 되네."

묘수신통 제갈운은 그다지 편치 않은 기색으로 말했다.

말이 상선을 개조했다는 것이지 기껏해야 사람을 실어 나를 정도의 수송선에 불과했다. 전선도 있다 하지만 기껏해야 십여 척뿐이고, 그 정도로는 만해도에 대적하는 것은 불가능했다.

제갈운은 회의에 참석한 무당의 장로들을 바라보았다.

무슨 생각을 하는지 무당의 도인들은 요 며칠 간 계속되는 회의에도 묵묵히 침묵하고 있을 뿐이었다. 더욱이 책임자로 온 현양자(玄陽子)는 얼마 전부터 모습도 비추질 않고 있었다.

'무당은 무슨 생각을 하고 있단 말인가?'

의논이라도 하고 싶지만 상대가 다름 아닌 무당이니 신중하지 않을 수 없었다. 침묵하고 있다면 그럴 만한 이유가 있을 터였고, 자칫 잘못하면 오해를 부를 수도 있었다. 그것이 제갈운이 함부로 움직이지 못하고 있는 이유였다.

'혹시……'

한 가지 생각이 제갈운의 머리 속에 스치고 지나갔다. 그 이유가 아니라면 현양자가 모습을 비추지 않을 이유가 없었다.

"밤이 너무 늦었구려. 오늘 회의는 이것으로 마치도록 합시다."

제갈운이 자리에서 일어나는 것을 기점으로 다른 수뇌진들 역시 하나둘 자리를 뜨기 시작했다.

"어떻게 생각하십니까?"

모두가 떠난 곳.

그곳에는 연운비와 백개명만이 자리에 남아 있었다. 연운비라면 몰라도 일개 분타주 정도에 불과한 백개명이 회의에 참석할 수 있었던 것은 오로지 연운비 덕분이었다.

일학자는 사질 뻘인 현양자에게 일러 연운비를 돕도록 지시했고, 연운비는 무당에 부탁해 백개명을 회의에 참석시킬 수 있었다.

"흐음… 글쎄요. 상선을 개조해 전선을 만든다? 있을 수 없는 일이지요. 그렇게 전선을 만드는 것이 쉬웠다면 장강을 수로맹이 차지하지도 못했을 것입니다."

상선과 전선은 엄밀히 말해 다르다.

전선은커녕 쾌속선만 하더라도 일반 상선으로는 도저히 개조할 수 없다. 갑판이나 돛을 만드는 방법부터가 달랐고, 나무의 재질 역시 달랐다.

수로맹이 대형 전선을 보유할 수 있었던 것은 수군이나 관부의 눈치를 보지 않는 때문이지 다른 이유에서가 아니었다.

물론 그 정도가 넘어서면 대대적인 소탕 작전이 있을지 모르겠지만 그렇지 않고서야 관부에서도 워낙 그 규모가 큰 수로맹을 건드리지 않았다.

그러나 정도에 속한 문파들을 상황이 달랐다. 그들은 엄연히 근거지를 가지고 있는 문파였고, 상선이 아닌 전선을 보유하고 있다는 것은 국법에 위배되는 일이었다.

"하북팽가가 군부와 연관이 있다면 무당은 황실과 교류가 있지요. 당금 황제의 황사(皇師)가 바로 무당 장문인의 사형인 현진자(玄眞子)입니다."

"하면……."

"아마도 군선을 빌리려 할 것입니다."

"가능한 일이겠습니까?"

"소림과 무당의 힘을 얕보지 마십시오. 달리 태산북두라 하는 것이 아닙니다."

"그렇군요."

연운비의 입에서 안도의 한숨이 흘러나왔다.

"문제는 그 군선을 얼마만큼이나 운용할 수 있나 하는 것입니다. 호북에 있는 문파들 중 분명 물길에 능숙한 문파들도 있겠지만 그들 중 대부분이 중소문파라는 사실이 발목을 잡을 것입니다."

"무슨 뜻입니까?"

"무당이나 제갈세가가 과연 그런 문파들의 지시를 받겠냐는 뜻이지요."

"설마 그렇기야 하겠습니까?"

"연 대협은 너무 강호의 문파들에 대해 모르시는군요, 이런 싸움에서 지휘권을 내어준다는 것이 얼마만큼의 큰일인지. 아마도 한차례 커다란 피해를 입지 않고서는……."

백개명의 얼굴에 씁쓸한 미소가 스치고 지나갔다.

기득권을 놓치지 않기 위한 암투. 개방이라고 해서 그것에서 자유로울 수만은 없었다.

무당이라면 몰라도 지략으로 이름 높은 제갈세가가 다른 문파에서 군사를 맡는 것을 용납할 리 없었고, 그것은 곧 전체적인 전력의 약화를 가져올 터였다.

'제갈명 그가 있었다면…….'

백개명의 머리 속에 한 인물이 떠올랐다.

아주 오래전 스치듯이 지나간 만남에 불과했지만 당시 제갈명이라는 인물이 백개명에게 심어준 인상은 강렬하다 못해 평생 지워지지 않을 정도였다.

어쩌면 지금의 백개명이라는 무인이 존재할 수 있었던 것이 제갈명 덕분인지도 몰랐다.

백개명은 신기제갈이라는 칭호를 받아야 할 진정한 주인이 제갈헌이 아니라는 사실을 알고 있었다. 천하에 그 사실을 알고 있는 이는 제갈세가의 가솔들이 아니라면 백개명이 유일할 터였다.

'그는 지금쯤 어디에 있을까?'

억울하였으되 그 감정을 다른 이에게 풀지 않았고, 배신을 당하였으되 그 분노를 대를 이어 전하게 하지 않았다.

그런 무인들의 넋을 기리기 위해 제갈명은 떠난다는 말을 남기고 홀연히 사라졌다.

'그가 그랬지. 자신의 동생 역시 자신과 비교해 크게 뒤떨어지지 않는다고. 제갈헌마저 지금 이곳에 남아 있지 않는 것이 호북에는 불행이 될 것이다.'

"무슨 생각을 그리 하십니까?"

"아, 아무것도 아닙니다."

아무리 연운비라 한들 아직은 제갈명에 대해 말을 할 수 없는 것이 백개명의 솔직한 입장이었다.

이 같은 세력 싸움에서 무엇보다 중요한 것이 바로 군사의 역할이다. 지금이라도 제갈명이 가세한다면 판도를 바꿀 수 있는 것이 그가 지닌 능력이었다.

"안휘의 싸움은 어떻게 될까요?"

"소림이 있는 이상 큰 걱정은 하지 않아도 될 것입니다."

"어째서 그동안 소림이 움직이지 않으셨는지 백 분타주께서는 알고 계십니까?"

"그것은 말씀드린 것으로 기억합니다만……."

"저는 백 분타주처럼 한 가지 사실로 다른 일을 추론하지 못합니다."

연운비가 멋쩍은 미소를 지으며 대답했다.

'이 사람은…….'

그런 연운비를 보며 백개명의 눈에 감탄이 스치고 지나갔다.

스스로 부족한 점을 인정하는 것.

언뜻 생각하기에는 쉬워 보일지 모르는 일이겠지만, 막상 실천하자면 그것이 쉽지 않았다.

약관의 나이에 강호에 나와 전패에 가까운 비무.

그럼에도 검을 놓지 않고 신검이라 불리게 된 이유를 백개명은 이제야 이해할 수 있었다.

'곤륜이라… 한 번쯤 가보고 싶구나.'

신령한 기운이 온 산 가득 퍼져 있다는 신비로운 산, 곤륜.

백개명이 만나본 곤륜의 무인들은 하나같이 이와 같았다.

순수하면서도 무공에 대한 열정을 버리지 않는 도인들.

청해 깊숙한 곳에 그들이 있기에 세외의 세력들이 함부로 준동하지 못하는 것이다.

"소림이 움직이지 못한 이유는 무벌 때문입니다. 정확히 말씀드리자면 무벌에서 적지 않은 수가 팔황의 간세라 짐작하고 있는 실정입니다."

"그럴 수가……."

연운비는 경악을 금치 못했다.

간세라니?

무벌에 속한 무인들의 신원이 불문명하다고는 하지만 어디까지나 그들은 중원 무인들이라 생각했다.

지금 백개명의 말은 그 모든 것을 송두리째 뒤엎는 중차대한 발언이었다.

"이미 웬만한 문파의 수장들은 전서로 그 내용을 모두 알고 있을 것입니다. 그렇기 때문에 마곡을 상대하기 위해 병력을 내보내지 못한 것이지요. 그러나 지금은 상황이 달라졌을 것입니다."

"달라졌다 하시면……."

연운비는 떨리는 표정을 감추지 못하고 물었다.

"적안살성이 살아 있다는 것은 사혈련의 전력이 이전과 비교해도 크게 처지지 않는다는 것을 뜻합니다. 더욱이 그가 일개 사자로 움직였다는 것은 적어도 사혈련에 그보다 더 강한 무인이 있다는 뜻입니다. 사혈련의 율법은 가장 강한 자가 혈살기의 주인이 되는 것이니까요. 그런 사혈련이 공격을 받음에도 참고 있다는 것은 무엇인가 목적이 있다는 것이지요."

적안살성이 살아 있다는 한 가지 단서. 그 단서 하나로 백개명은 여러 가지 사안을 추론해서 연관지었다.

"소림은 곧 안휘로 움직일 것입니다. 이번 난을 짧게 생각하지 마십시오. 팔황에 속한 그 어느 문파도 만만하지 않습니다. 밀리는 전력임에도 버티고 있는 것은 수성이기에 가능한 일입니다. 전세가 역전되어 그들이 차지한 곳을 되찾기 위해서는 그보다 더한 힘이 들어갈 것입니다."

헤어지기 전 낭인왕이 했던 말과 비슷하다.

그 역시도 이번 전쟁을 길게 내다보고 있었고 그럴 생각으로 낭인대를 활용하지 않고 있다고 했다.

각지에 선견지명이 있는 책략가들 역시 이번 전쟁을 삼사 년은 생각하고 있었다.

"수로맹과 접선이 불가하다 합니다. 어떻게 합류했으면 좋겠습니까?"

만약 백개명과 동행하지 않았다면 이 모든 일을 자신 혼자 헤쳐갈 수 있었을까?

연운비는 백개명을 만난 것을 더없는 행운으로 생각하고 있었다.

인연은 필요한 곳에서 이루어지기 마련이라!

신검과 신안(神眼)이라고까지 불리게 되는 무불신개의 만남은 어쩌면 시작부터가 우연이 아닌 필연인지도 몰랐다.

"변복을 해야 하겠지요."

"강 위에서인데 가능하겠습니까? 그들이 모든 수로를 통제한다 하던데……."

"수로맹에서도 어떻게 해서든 연락을 하기 위해 고군분투하고 있을 것입니다. 모험을 해서라도 쾌속선을 타고 그들과 합류해야 할 것입니다. 가장 적절한 시기는 무당과 제갈세가의 본군이 하선해 있는 만해도 병력을 칠 때 장강으로 향하는 것입니다. 그때쯤이 만해도의 경계가 가장 약화되어 있는 시점일 터이니까요."

백개명은 천막을 걷고 나와 저 어디엔가 있을 수로맹의 총단을 바라보며 눈을 감았다.

그의 머리 속에는 군부에서조차 도지사 정도가 아니라면 볼 수 없다
는 장강삼협(長江三峽)의 수십 갈래 수로들이 펼쳐져 있었다. 이제 그
수로들 중 하나를 선택해야 할 시점이 온 것이다.

＊　　　＊　　　＊

　"마침내 무당에서 움직였다 합니다."
　정보를 수집하러 나간 장강삼귀의 셋째 흑귀(黑鬼)가 돌아오자 많은
이들이 환대했다.
　만해도에 의해 완전히 갇힌 상황에서 움직이는 것이 쉽지 않았거늘
흑귀가 직접 수하 몇과 나가 접선을 한 것이다.
　"드디어!"
　여기저기서 수로맹 무인들이 몸을 일으켰다. 그토록 학수고대하던
기회가 찾아온 것이다.
　"침착하게."
　동정어옹 허곤이 주위를 진정시켰다.
　"그들은 어디쯤 있나?"
　"얼마 전 당양을 지났다 하였으니 지금쯤이면 의창에 이르렀을 것입
니다."
　"의창이라……."
　만해도 주력 병력 중 하나인 제삼전단 백경(白鯨)이 그곳에 주둔하
고 있었다.
　"쉽지 않겠군."
　허곤이 고개를 저었다.

아무리 무당이라고 하지만 물 위에서 만해도를 상대하는 것은 어려운 일이다.

고작해야 만해도 무인들의 상륙을 막는 것이 전부일 터.

더욱이 사혈련을 공격하던 만해도 제일전단 사신(死神)이 합류한 상황에서 과연 의창조차 탈환할 수 있을지 의심이 들었다.

"하나 지금이 기회가 아니겠습니까?"

해웅 종과령이 큰 목소리로 말했다.

언제까지 참고만 있을 수는 없었다. 이곳에 있는 이들이 누구이던가, 바로 장강의 내로라하는 호걸들이 아니던가?

"의창으로 향한 것은 확실한 건가?"

"십중구는 확실합니다. 그러나 지강으로 향할 가능성도 염두에 두어야 합니다."

"그렇군. 총군단장은 어찌 생각하나?"

허곤이 갈유목의 의견을 물었다.

"조금 더 기다려야 한다고 생각합니다."

"언제까지. 대체 언제까지 기다리라는 말만 할 거요?"

장강삼귀의 첫째 대두귀가 더 이상 참지 못하고 버럭 소리를 내질렀다.

참는 것에도 한도가 있다.

이제 얼마 있으면 식량조차 떨어진다. 이미 한 달 전부터 보급선은 완전히 차단된 상황이었고, 그나마 간간이 적들의 이목을 속이고 들어오는 벽곡단이 전부였다.

수련을 하는 데에는 내기를 깨끗하게 만들어주는 벽곡단이 도움이 될지 모르겠지만 이런 피비린내 나는 전쟁터에서 벽곡단만 먹는다면 단 며칠도 버티지 못한다.

그나마 비축해 두었던 식량이 있었기에 지금껏 버티고 있는 것이었다.

"맹주의 생각은 어떻소?"

대두가귀 단도직입적으로 철무경에게 물었다. 그러자 모두의 시선이 수로맹주 철무경에게 향했다.

"나는……."

철무경은 주위를 둘러보았다.

모두가 피를 나눈 형제들이었고, 소중하지 않은 사람이 없었다. 마음이 아픈 것은 수없이 많이 비어 있는 자리였고, 이제는 돌아오지 못할 사람들이었다.

"이제 장강에 승천룡의 깃발이 나부껴야 한다고 생각하네."

쿠쿵―!

철무경의 말. 그것은 장내를 고요하면서도 용암처럼 들끓게 만들었다.

"이에 반대하는 사람이 있소?"

"……."

갈유목이 무엇인가를 말하려다 그만두었다.

어차피 배는 출발했고, 이제 와서 말리기에는 늦었다. 지금으로서는 이 사기를 유지하는 편이 나았다.

"둘째가 외로이 흑암을 이끌고 만해도와 싸우고 있다고 하네."

계속되는 패전 속에서 유일한 승전보가 있다면 그것은 수로맹 제이전선 흑암에 관한 이야기였다.

"우리도 무엇인가 해야 하지 않겠나?"

"맞습니다."

종과령이 목소리를 높였다.

믿지 못했기에, 그랬기에 반목한 것이었으나 지금 이 순간 흑암을 이끌고 있는 그는 너무나도 믿음직한 아군이었다.

금사채주 염라수(閻羅手) 귀백이 보내온 서신에는 그 사실이 너무나도 명백히 적혀 있었다.

"총군단장, 비합선을 내보내 형제들에게 이 사실을 알리게."

"존명!"

갈유목이 고개를 숙이며 대답했다.

비합선(飛哈船).

그것은 수로맹이 오래전부터 비장의 무기로 준비해 두었던 쾌속선의 일종으로 장강에서라면 그 어떤 배도 비합선의 속도를 따라오지 못했다.

흑암을 설계한 신수귀장(神手鬼匠) 곡비양이 만들었다는 비합선은 그의 일생일대의 역작이라 할 수 있었다.

"포양호의 형제들도 준비를 해주게."

"알겠소."

대두귀가 기다렸다는 듯이 힘차게 대답했다.

"마지막 일전을 벌이세, 장강의 사내들답게."

"장강의!"

"사내답게!"

수로맹 호걸들의 커다란 함성 소리와 함께 마침내 풍멸(風滅)에 승천룡의 깃발이 내걸렸다.

　　　　　*　　　　　*　　　　　*

지강(枝江).

무당과 제갈세가 처음 공격 목표로 잡은 곳은 의창이 아니라 의창과
는 반나절 정도 거리에 떨어져 있는 지강이었다.

실로 전광석화와도 같이 이루어진 기습.

충분한 대비가 되어 있던 의창과는 달리 아무런 대비가 되어 있지
않은 지강에 주둔하고 있던 만해도 무인들은 변변한 저항조차 하지 못
하고 모두 수장당했다.

더욱이 때맞춰 지원 온 군부의 전선들은 뒤늦게 도착한 만해도 전선
들을 격침시키며 그 위용을 과시했다.

그 누가 전략적 요충지도 아닌 지강부터 공격할 것이라 생각할 수
있었겠는가?

절묘한 성동격서의 계책이었다.

모든 것은 묘수신통(妙手神通) 제갈운이 계획한 일이었다. 아군에게
조차 의창으로 향할 것처럼 행동하던 그가 방향을 급작스레 선회한 것
은 모두 철저하게 계획되어진 일이었다. 그래서 노강호가 무섭다는 말
이 나오는 것이다.

"단 한 척도 돌아가지 못하게 하라!"

제갈운의 목소리가 장강에 울려 퍼졌다.

수부는 다소 부족했지만 배를 움직이는 데는 지장이 없었다. 대부분
이 일류의 경지에 있는 무인들인지라 내공이 실린 노는 배를 빠르게
앞으로 나아가게 만들었다.

더욱이 그들을 지휘하는 것은 무인이 아니라 전문적으로 배를 움직

이는 노잡이들이었다.

쇄악쇄악—

쾌속선들이 빠르게 앞으로 나아가 선회하려는 중, 소형 전선들을 포위하고 그 뒤를 군부의 거대 전선들이 쫓아가 침몰시킨다.

지극히 단순한 전술.

하지만 그 전술을 펼치기 위해 제갈운은 몇 날 며칠을 고심했을 터이고, 마침내 그 결실이 지금 맺어지고 있는 것이다.

중앙에 위치한 거대 전선에서 사, 오 장 정도는 족히 되어 보이는 다섯 개의 기를 이용하여 수많은 전선들을 수족처럼 움직이고 있었다. 휘몰아치는 바람에 버티기 위하여 각 기에는 대여섯 명의 장정이 깃대를 부여잡고 있었다.

슈슈슈슉—!

빗발치듯 무수히 떨어져 내리는 불화살들.

대승이었다. 비록 압도적인 전력의 차이에서 오는 이점도 있었지만 중요한 것은 이 싸움으로 인해 불안했던 사기가 올라갔다는 사실이었다.

'과연. 어째서 구파일방이 제갈세가를 인정해 주는지 이제야 알겠구나.'

전선의 갑판에서 그 모습을 지켜보던 백개명을 감탄을 금치 못했다.

백개명조차 본군이 의창이 아닌 지강으로 향할 것이라고는 생각지 못했다.

"수전이라는 것이 이런 것이었군요."

"어떻습니까?"

"아직은 모르겠습니다."

연운비는 느낀 점을 솔직히 대답했다.

수전이라고 해서 배들 간에 충돌이 일어나고, 심하게 흔들리는 배 위에서 싸워야 하는 줄만 알았건만 딱히 그런 것도 아니었다.

배가 당파되었을 경우 아무래도 수공에 능한 이가 유리한 것이 사실이었지만, 그들 역시도 구함을 받지 못한다면 강 한복판에 빠져 죽을 수밖에 없는 것이 현실인 것이다.

"이렇게 일방적인 전투에서 사실 수전이라는 것은 의미가 없지요. 진정한 수전이란 서로의 전력이 팽팽한 경우나, 크게 처지지 않는 경우에서 이루어지는 전투를 말합니다."

쫓는 이가 불안할 리 없으니 배는 여간해서는 큰 흔들림 없이 물살을 헤치며 나아갔고, 배에 익숙하지 않은 무인들 역시 큰 지장을 받지 않았다.

'어쩌면 이 싸움으로 무당과 제갈세가는 더 큰 피해를 입을지도 모르겠구나.'

기우 섞인 우려라고도 할 수 있겠지만 내심 백개명은 이번 작전이 실패했으면 하는 것이 솔직한 바람이었다.

제갈운의 능력이 뛰어난 것은 사실이었지만 그 개인의 능력으로 전세가 판가름나지는 않는다. 결국 승부를 내는 것은 이곳에 모인 군웅들 개개인의 힘이었다.

그들이 경각심을 가져야 이후의 전투에서 위기에 처하더라도 능동적으로 대처할 수 있었다.

마음의 준비가 되어 있는 상태와 그렇지 않은 상태는 분명 차이가 있었다.

'무당을 믿는 수밖에 없다.'

소림과 함께 정도무림의 태산북두라고 불리는 무당.

비록 암천회의 난에 너무 많은 피해를 입어 그 영향력이 다소 감소되었다고는 하지만 무당은 여전히 무당이었다.

더욱이 이번에 무당에서는 칠성검수 중 무려 넷을 내려보냈다.

매화검수나, 십팔나한과 칠성검수는 다르다.

스물네 명으로 이루어져 있는 매화검수나, 열여덟 명으로 이루어져 있는 십팔나한이 고작 일곱 명으로 이루어져 있는 칠성검수와 비슷하다면 오히려 그것이 어불성설이라 할 수 있다.

칠성검수 개개인은 모두가 절정을 넘어선 무인들로 소림사천왕과 비슷하다고 평가받는다.

'그동안 절치부심하며 단련해 온 무당의 전력이 어디 정도인지냐에 따라 이번 싸움은 판가름날 것이다.'

암천회의 난. 그 난에서 무당은 해검지를 적도들에게 넘겨주는 치욕을 당했고, 그 이후 무당의 제자들은 공식적으로 강호에서 활동하지 않았다.

"이제 가시지요."

"예."

백개명과 연운비는 한편에 마련되어 있는 쾌속선에 옮겨 탔다.

현양자는 연운비가 따로 움직이는 것을 결사적으로 반대하였지만 주장을 굽히지 않자 어쩔 수 없이 이번 전투에만 참가하는 것으로 합의를 보았다.

슈욱슈욱―

두 사람이 타자마자 쾌속선은 힘차게 물살을 헤치며 움직였다.

第47章

의기는 하늘을 찌르다

제47장

"저희들이 명을 받은 곳은 여기까지입니다."

"고맙네."

백개명이 무당의 속가제자로 보이는 듯한 청년에게 감사의 인사를
건넸다.

의창 지적에 이르자 청년은 쾌속선을 갈대밭 사이에 대었다.

여기서부터는 만해도의 영역이었다. 이 이상 배를 몬다면 적들의 이
목에 걸릴 수도 있었다.

"수고하셨습니다."

"이렇게 신검을 가까이 볼 수 있어서 영광이었습니다."

청년의 시선은 쾌속선에서부터 시종일관 연운비에게 향해 있었다.

그 역시 검수로서 연운비의 명성은 익히 들어 알고 있었고, 고작 이립
의 나이에 천하삼검(天下三劍)에 근접했다는 신검은 우상이기도 하였다.

"여기까지밖에 데려다 드리지 못해 죄송할 뿐입니다."

"별말씀을 다하십니다."

연운비는 고개를 저었다.

백개명으로부터 들은 이야기가 있었기에 이 정도까지 온 것도 눈앞의 청년이 무리한 것이란 사실을 알고 있었다.

"제 이름은 목단천이라 합니다."

"곤륜의 연운비입니다."

연운비는 이제야 통성명을 하게 돼서 미안하다는 표정으로 포권을 취했다.

그것은 지금 그만큼 연운비가 심적 압박감을 받고 있다는 뜻이기도 하였다.

"후일 기회가 된다면 정식으로 인사를 드리겠습니다."

이래서 명문이라고 하는 것인가?

조금도 위축됨이 없다. 그것이 무당이라는 곳에 적을 두고 있는 목단천이란 무인이기도 하였다.

'목단천이라고 하였나?'

난세에는 수많은 영웅들이 탄생한다.

백개명의 눈에는 목단천이라 자신을 소개한 청년 역시 범상치 않아 보였다.

만약 연운비를 만나기 전이었다면 결코 그냥 지나치지 않았을 그런 기도를 풍기는 청년.

"제 아버지는 뱃사람이셨습니다. 저희 할아버지도 마찬가지이셨지요."

"그러셨군요."

"저는 그것을 언제나 자랑스럽게 생각하였습니다. 그 사실이 이번 싸움에서 사문에 도움이 되었으면 합니다."

조금은 비천하다 할 수 있는 자신의 신분을 당당히 밝히는 목단천의 눈빛은 더할 나위 없이 자랑스럽다.

연운비는 그가 지금 같은 시기에 무당에 가장 필요한 인재라는 것은 본능적으로 느낄 수 있었다.

"부디 그 뜻을 이루셨으면 합니다."

"연 대협께서도 보중하십시오."

목단천은 몸을 돌려 쾌속선에 올라탔다. 그가 올라타자마자 쾌속선은 다시 방향을 돌려 지강으로 향했다.

"좋은 눈빛을 지니고 있는 사람이군요."

"연 대협께서도 그렇게 생각하십니까?"

"예. 시간이 있었다면 말이라도 몇 마디 더 나눠보았을 것인데… 시간이 없다는 것이 아쉽군요."

"다음에 기회가 오겠지요. 자, 이만 가시지요."

연운비와 백개명은 몸을 돌려 의창으로 향했다.

그것은 후일 무당삼검(武當三劍) 중 일인으로 불리며 속가제자로서는 팔십 년 만에 무경의 경지에 오르는 목단천과 서협인 연운비의 첫 만남이자 유일한 만남이기도 하였다.

수로맹으로 향하는 길은 쉽지 않았다.

만해도에 의해 의창을 넘어가는 수로는 대다수가 막혀 있었고, 거대 상단은 가급적 강호인들과 연관되는 것을 꺼렸다.

만해도가 의창까지 진출하지 못했을 무렵 악주에서 일어났단 일이었다.

청평상단에서는 무리를 해서 사천 당가의 무인을 배에 승선시켜 주었고, 그 일이 만해도에 발각된 이후에 더 이상 어떤 배도 장강에 띄울 수 없었다.

"배를 구했습니다."

"다행이군요."

연운비는 안도의 한숨을 내쉬었다.

의창에 머무른 지도 벌써 사흘.

도무지 방도가 없어 발을 구르며 애만 태우고 있었는데 백개명이 마침내 배를 구한 것이다.

"식사는 하셨습니까?"

"하하, 거지가 밥 한 끼 굶는다고 별일있겠습니까?"

"이거라도 드시지요."

연운비는 식지 않게 하기 위해 품속에 넣어두었던 만두를 꺼내 백개명에게 건넸다.

"이것은……."

"혼자 먹으려니 백 분타주님 생각이 들더군요."

"고, 고맙게 먹겠습니다."

백개명은 건네받은 보따리를 바라보았다.

정이 있는 사람이라는 것은 알았지만 이렇게까지 사람을 감동시킬 줄을 몰랐다.

'반드시…….'

위험한 길. 그 길을 택하게 만들어야 했다는 것이 이리도 죄스러울 수가 없었다.

그러나 이미 화살은 시위를 떠났고 할 수 있는 것은 최선을 다하는 길이리라.

"호패입니다. 그리고 거기 보시면 위장한 인물과 목적지 등이 적혀 있습니다."

"예."

"그리고 자, 이것을 쓰십시오."

"이것은······."

"인피면구입니다."

백개명은 인피면구 한 장을 연운비에게 건넸다.

상당히 공을 드린 물건인 듯 인피면구는 무척이나 정교했다. 더욱이 연운비의 피부색과 흡사해 무척 잘 어울렸다.

연운비가 얼굴에 화상을 입은 사실은 이미 적들에게 알려져 있었다. 더욱이 지렁이가 꿈틀거리듯 상처까지 입어 연운비의 얼굴은 흉측하기 그지없었다.

그런 모습으로 다니면 아무래도 시선이 주목될 수밖에 없었고, 그것은 위험천만한 일이었다.

"그리고 가급적 벙어리 행세를 하는 것이 좋겠습니다."

"무슨 이유라도 있습니까?"

"아실지 모르겠지만 연 소협의 말투는 조금 특이합니다. 저 같은 속세의 사람과는 다르지요. 놈들의 촉각에 걸리지 않으려면 그 수밖에 없습니다."

"알겠습니다. 그렇게 하겠습니다."

"그럼 가시지요."

백개명이 앞장을 서고 연운비가 그 뒤를 따랐다.

슈욱슈욱─

상선은 힘차게 물살을 헤치고 앞으로 나아갔다.

거대 상단에서 운영하는 상선은 아니었지만 중소상인들의 연합이라 할 수 있는 평이회(平易會)에서 운영하는 것인 만큼 상선은 작지 않았다.

어림잡아 상선에 탄 인원만 해도 백여 명에 달했고, 물자를 실은 규모도 엄청났다.

의창을 떠나 벌써 두 차례나 검문검색이 있었다.

만해도가 장강을 차지한 이후 그 어떤 상선도 함부로 물길을 이용하지 못했다.

철저한 검문검색이 이루어졌고 수로맹과 조금이라도 연관이 있어 보이는 자들에게는 가차없는 살수가 펼쳐졌다.

물론 모든 물길에서 이러한 것은 아니었다. 단지 수로맹 총단이 있는 삼협과 수로맹 제이전선 혹암이 활동하고 있는 악주 일대에 한정되어 있을 뿐이었다.

"배를 세워라!"

그렇게 상선이 의창을 떠나 백 리 정도를 지났을 무렵, 또다시 만해도의 전선이 상선을 세웠다.

이런 일에 무척이나 익숙한 듯, 만해도 무인들은 곧장 상선으로 넘어와 수상해 보이는 자들을 선실로 끌어내고 선적해 있는 물건들을 세심히 살폈다.

"호패나 신분증명서를 준비해라."

"알겠습니다."

그들을 이끄는 자인 듯한 날카로운 눈매의 장년인이 말하자 선주는 재빨리 상인들에게 눈치를 주었다.

"어디서 오는 길이냐?"

"악주(鄂州)에서 오는 길입습죠."

"어디로 가나?"

"헤헤, 중경 합삼으로 가는 길입니다요."

장사꾼 하나가 번뜩이는 시퍼런 칼날을 보며 연신 고개를 굽실거렸다.

"호패는?"

"여기 있습니다요."

"산동 태생이라고?"

"그렇습니다."

"통과, 다음!"

평소보다 더욱 삼엄해진 검문검색에 상인들이 넌더리를 쳤다. 그러나 그 누구도 그러한 기색을 내비치지 못했다.

이곳은 수로맹 총단이 자리하고 있는 무협으로 들어서는 의창의 수로. 그나마 다른 곳에서는 너그러운 자들도 있었지만 이곳만큼은 그러지 않았다. 그들의 뜻에 따르지 않는다면 누구도 이곳의 수로를 이용할 수 없었다.

"어디서 왔나?"

"안휘 무호(蕪湖)에서 왔습니다요. 사천으로 갑니다."

"이유는?"

"장사꾼이 별다른 이유가 있겠습니까? 그저 돈 되는 일이 있다기에 이렇게 발품 팔이를 하러 가는 게지요."

"약재를 사러 간다고?"

"그렇습죠."

"흐음……."

무사는 조금은 의심스러운 눈초리로 얼굴이 검게 그을린 장사꾼을 샅샅이 훑어보았다.

"저자는 누군가?"

"하인입니다. 보시다시피 말을 하지 못하지요."

"알았다. 다음."

무사는 의심스러운 점을 찾지 못하자 다음 상인을 불렀다.

'휴우……'

돌아서는 장사꾼은 안도의 한숨을 내쉬었다.

그는 다름 아닌 변복을 한 백개명, 벙어리라 말한 하인은 인피면구를 뒤집어쓴 연운비였다.

이런 일에 무척이나 익숙한 백개명이었지만 아무래도 도인인 연운비는 위험했다. 그래서 택한 방법이 정체가 드러나지 않도록 벙어리로 위장한 것이었다.

"이제 위험한 곳은 모두 통과하였군요."

"백 분타주 덕분입니다."

연운비가 조심스레 전음으로 답했다.

의창이 가까워지자 어쩔 수 없이 쾌속선에서 내려 여기저기 수소문해 무협을 통과하는 상선을 간신히 구할 수 있었다.

이제 이 검문소만 벗어나면 만해도가 장악하고 있는 지역을 벗어날 수 있었다.

그렇게만 된다면 어떻게 해서든 수로맹의 무인들과 접선할 수 있었고, 계획했던 바를 이룰 수 있는 것이다.

"이놈 뭔가 수상한데?"

"수, 수상하다닙쇼. 아닙니다. 전……."

"조용히 해라. 판단은 우리가 한다."

검문검색이 끝나갈 무렵, 곡물을 싣고 가던 상인 하나가 위장 호패를 제시하다 걸렸다.

"쯧쯧……."

"어쩌자고……."

그 모습을 주위에서 지켜보던 상인들이 안타까운 마음을 금치 못하고 혀를 찼다.

중원 천하에 저러한 사람은 부지기수로 많았다.

어렸을 때 고아이거나 부모가 가난해 제때 관청에 신고하지 못해 호패가 없는 사람들이다. 평소에는 한두 푼 정도 찔러주면 문제가 되지 않지만 이럴 때는 상황이 달랐다.

더욱이 상인이 싣고 가던 물건은 곡물. 수로맹이 절실히 필요로 하는 물건이기도 하였다.

"저리로 갈아타라."

"전, 전 정말 수로맹과 아무 연관이 없습니다."

"있고 없고는 우리가 판단한다 하지 않았느냐? 뭣들 하느냐. 곡물부터 모조리 물에 내던져 버려라."

"예!"

주위에 대기하고 있던 만해도 무인들이 일제히 움직였다.

"흑흑, 제발 사정을 보아주십시오. 기다리는 처자식들과 노모가 있습니다. 이번 상행을 실패하면 모두 굶어죽습니다."

"시끄럽군."

날카로운 눈매의 장년인은 귀찮다는 태도로 바짓가랑이를 붙들던 상인을 떨쳐 내고 다음 사람을 호명했다.

'어찌 사람이 저럴 수 있단 말인가?'

연운비는 한탄을 금치 못했다.

이것은 분명 수로맹과 만해도의 싸움이었지 일반 백성들의 싸움은 아니었다.

도저히 그 모습을 보고만 있을 수 있던 연운비가 한 걸음을 움직였다.

"연 대협, 아니 됩니다."

그 순간 백개명의 전음이 연운비의 귓가를 파고들었다.

"이곳은 강 한복판입니다. 이곳에서 일을 벌려서 어쩌자는 것입니까?"

"하지만……."

"그가 수로맹과 연관이 없다는 사실이 밝혀지면 풀려날 것입니다."

'후우……'

연운비는 한숨을 내쉬며 고개를 돌렸다.

그러나 그 순간 연운비의 뇌리 속에 떠오른 것은 너무나도 절박해 보였던 상인의 눈빛이었다.

'내가 이 자리에 서 있는 것은 무엇 때문인가?'

연운비는 고개를 주억거렸다.

단 한 순간도 의심해 본 적이 없는 사실. 곤륜의 무인은 당당함으로써 존재할 수 있는 것이다.

"그쯤 하는 것이 어떻겠습니까? 제가 보기에는 아무런 연관이 없어 보이는군요."

연운비가 성큼 나서며 상인을 끌고 가던 만해도 무인 두 명의 앞을 가로막았다.

그것은 미처 백개명이 말릴 사이도 없이 일어난 일이었다.

'이런!'

백개명의 얼굴이 사색으로 변했다.

그는 급하게 주위를 둘러보았다. 다행이 소형 전선 한 척 이외에는 다른 만해도 전선들이 보이지 않았다.

"이놈. 넌 무어냐?"

날카로운 눈매의 장년인의 시선이 연운비에게 향했다.

모습을 보아하니 무인 같지는 않아 보였고, 제딴에는 의기가 동해 나선 듯싶었다.

"꺼져라!"

장년인은 귀찮다는 표정으로 손을 내저었다.

그렇게 연운비를 쳐다보고 있던 무사는 무엇인가 이상한 점을 느끼고 눈살을 찌푸렸다.

"이놈! 그러고 보니 벙어리라 하지 않았느냐? 수상한 놈들이다. 모두 잡아들여라."

파파팍ㅡ!

장년인의 말에 주위에 있던 만해도 무인 서넛이 연운비를 붙잡기 위해 달려들었다.

그와 동시에 연운비의 신형이 앞으로 움직이며 손에서 장력이 뿜어져 나왔다.

상청인(上淸印).

신비스러운 곤륜의 또 하나의 절학은 그렇게 신검의 손에서 그 빛을 발하고 있었다.

펑! 퍼펑—

피분수를 뿜으며 만해도 무인들이 떨어져 나갔다.

그제야 상대의 실력이 범상치 않다는 것을 느낀 장년인이 급히 칼을 빼 들었다.

"연 소협, 저 소형 전선에 있는 인원부터 제압하거나 배를 부서뜨려야 합니다. 그렇지 않으면 선단을 이끌고 올 것입니다. 이곳은 제가 맡도록 하겠습니다."

백개명이 급히 연운비에게 전음을 날렸다.

파팟—

연운비는 백개명의 부탁에 따라 곧장 소형전선으로 신형을 날렸다.

"놈의 무위가 심상치 않다. 어서 배를 출발 시켜라!"

장년인은 급히 연운비를 막으며 수하들에게 지시를 내렸다. 그러나 어느새 연운비의 신형은 장년인을 지나 갑판을 밟고 소형 전선에 내려서고 있었다.

콰지지지직!!

천근추(千斤墜)의 신법으로 배 밑창에 구멍을 낸 연운비는 근처에 있던 만해도 무인 하나의 반월도를 빼앗은 후 달려드는 적들을 베어갔다.

"크억!"

소형 전선에 타고 있던 만해도 무인들이 사방에서 달려들었지만 그렇지 않아도 좁은 공간에서 연운비를 당할 길이 없었다.

실로 가공할 만한 무위. 이것이 벽을 뛰어넘은 무인만이 보여줄 수 있는 위력이었다.

콰직—!

연운비는 여유가 생기자 반월도에 기를 불어넣고 그대로 배 밑창을 몇 차례 갈랐다.

단단한 나무로 만들어져 있는 전선이었지만 검기에까지 버틸 수는 없었다. 배에는 금새 물이 차오르기 시작했다.

"배가 침몰한다!"

"모두 상선으로 올라타라!"

소형 전선의 취약점이 그대로 드러나고 있었다.

연운비는 다시 한 번 검기로 배 밑창을 산산조각 낸 뒤 신법을 펼쳐 상선으로 올라섰다.

상선 위에서는 백개명이 장년인과 만해도 무인 몇을 상대로 치열하게 싸우고 있었다.

사 대 일의 싸움이었지만 만해도 무인들은 백개명의 적수가 아니었다.

그것을 증명이라도 하듯 몰아붙이고 있는 쪽은 백개명이었고, 만해도 무인들의 전신은 피로 낭자했다.

퍽! 퍼퍼퍽—!

연운비는 상선으로 기어오르려는 만해도 무인들에게 장력을 날려 그들을 물에 빠뜨린 뒤 상선 위에 올라와 있던 만해도 무인들을 빠르게 제압했다.

"헉, 허헉! 뭣들 하시오! 어서 배를 출발시키시오."

간신히 장년인과 만해도 무인들을 제압한 백개명이 급히 선주를 다그쳤다.

그러나 그런 백개명의 마음을 외면하기라도 하듯 선주는 갑판 위에서 어물거리며 좀처럼 움직일 생각을 하지 않았다.

"선주?"

"미안하외다."

그런 백개명을 차마 보지 못하겠다는 표정으로 선주가 고개를 돌렸다.

"이, 이……!"

뒤늦게 서야 백개명은 선주가 어째서 그런 행동을 하는 것인지 알아차릴 수 있었다.

"하하……!"

백개명은 한탄을 터뜨릴 뿐 아무런 말도 할 수 없었다.

지금 장강은 만해도가 지배하고 다스린다. 그들에게 거슬린다면 차후 어떠한 수로도 이용할 수 없었다. 그것이 선주가 움직이지 못하고 있는 이유였다.

"큭, 우리라고 해서 놈들과 같은 행동을 하지 못할 것 같소?"

백개명이 갑판에 널브러진 무기 중 하나를 들고 선주에게 성큼 달려갔다.

"그만하시지요."

그러나 그런 백개명의 행동은 앞을 막아선 연운비에 의해 가로막혔다.

"하지만……."

백개명은 떨리는 손을 주체할 수 없었다.

연운비가 나선 것은 누구를 위해서였나? 바로 이 자리에 있는 사람들을 위한 것이 아니었던가? 그러나 그 대가는 이렇듯 배신으로 돌아오고 있었다.

"우리가 떠나면 됩니다."

"세상 인심이 야박하다 하지만 이럴 줄은 몰랐구려. 좋소. 우리가 떠나겠소. 배를 강가 아무 곳이나 대어주시오. 그 정도는 괜찮겠지."

"알겠소."

선주는 고개를 끄덕이고 선원들에게 배를 몰라 지시했다.

그렇게 상선이 방향을 틀어 강가로 향한 지 얼마 되지 않은 시점이었다.

쾅! 부우우웅—

어디선가 화포 소리와 함께 배를 멈추라는 듯 위협적인 뱃고동 소리가 들려왔다.

"만해도……."

연운비는 시선을 돌려 저 멀리서 다가오고 있는 수많은 전선들을 바라보았다.

"운이 없어도 이리도 없을 수가……."

백개명이 탄식을 흘렸다.

후미에서 다가오고 있는 것은 중형 전선 한 척과 소형전선 두 척, 쾌속선 다섯 정으로 이루어진 소규모 선단이었다.

지척에 있었던가?

아니, 그렇지 않았다. 분명 검문검색을 하던 만해도 무인들이 무슨 신호를 보낸 적은 없었다.

"후우……."

백개명이 나직이 한숨을 내쉬었다.

저 정도 규모의 선단이라면 타고 있는 인원만 해도 이백여 명이 훌쩍 넘을 터였다. 아무리 연운비의 무공이 뛰어나다 한들 저 정도 숫자를 어찌할 순 없다. 더욱이 이곳은 평지가 아니라 강 위였다.

"백 분타주께는 죄송할 뿐입니다."

"하하! 연 대협, 그 무슨 섭섭한 말입니까? 이 백개명 죽음을 두려워

하는 그런 졸장부는 아닙니다."

백개명은 호탕하게 웃고 또 웃었다.

연운비가 나섰을 때 어째서 자신은 나서지 못했는가?

개방은 무엇보다 협의를 중시하고 의를 숭상했다.

그것이 무공이 변변치 않음에도 개방도들이 대우를 받는 유일한 이유였다.

말리지 못한 사실에 대해 후회는 있었지만 연운비가 나선 사실에 대해서도 원망도 없었다. 오히려 자신이 나서지 못한 것이 부끄럽다는 생각이 들었다.

"신명나게 싸워보지요, 후회가 남지 않도록."

"백 분타주님……."

"검을 가져오겠습니다."

백개명은 한구석에 숨겨놓은 연운비의 매화검을 가져왔다.

그 동안 먼지가 쌓인 듯 검집에는 얼룩이 져 있었다. 백개명은 소맷자락으로 그 얼룩을 지운 후 연운비에게 검을 건넸다.

"이 검이 있어야 연 대협이 제대로 싸울 수 있지 않겠습니까?"

"감사합니다."

연운비는 조심스레 백개명이 건네준 검을 받았다.

익숙한 느낌.

이제 매화검도 새로운 주인을 인정한 것일까? 전보다 친숙한 기운이 검에서 느껴졌다.

부우우우우웅―

다시 만해도 전선들에서 위협적인 소리가 울려 퍼졌다.

연운비는 조용히 눈을 감았다.

선주는 어쩔 수 없이 이 배를 세울 것이고, 그렇게 되면 한바탕 싸움을 피할 수 없으리라.

철썩철썩—

그러나 연운비의 생각과는 달리 선주는 배를 세우지 않았다. 오히려 상선은 전보다 더욱 빨라진 속도로 물살을 헤치며 앞으로 나아가고 있었다.

"……?"

연운비는 고개를 돌려 선주가 있는 곳을 바라보았다.

"강가까지는 어떻게 해서든 데려다주도록 노력해 보겠네. 이 배는 그렇게 느리지 않으니."

선주가 굳은 표정으로 말했다.

"괜히 피해를 끼치는 것을 원하지 않습니다."

연운비는 고개를 주억거렸다.

어디까지나 이번 싸움은 강호인들의 것. 민초들과는 아무런 상관이 없었다.

"상관없네. 칼을 들이대고 협박했다 말하면 그만이니. 우리는 힘없는 상인들이 아니겠는가?"

선주가 쓴웃음을 흘렸다.

"세상 인심이 야박하다 생각지 말게. 소협은 저기 저 한 사람을 위해 움직였지만 선주의 입장에서 이 배에 타고 있는 사람은 저 사람 한 명이 아니니."

"알고 있습니다."

"어디까지 갈지는 모르겠네. 하지만 최선을 다하겠다고는 약속하겠네."

"이 도움 잊지 않겠습니다."

연운비는 고개를 깊숙이 숙였다.

협박을 당했다 말하면 그만이라고 했으나, 분명 적지 않은 고초를 겪을 것이리라.

이래서 세상은 사람이 살아가는 곳이라 말했던가?

그 모습을 옆에서 지켜보던 백개명은 가슴이 훈훈해져 오는 것을 느낄 수 있었다.

슈욱슈욱─

상선이 멈추지 않자, 쾌속선들이 속력을 올리며 상선을 따라붙었다. 중형 전선이나 소형 전선과 다르게 타고 있는 인원이 몇 되지 않는 쾌속선은 빠른 속도로 상선의 후미에 따라붙었다.

"이것은 벗고 싸워도 되겠지요?"

연운비는 얼굴을 덮고 있던 인피면구를 벗었다.

조금은 흉측하다 할 수 있는 모습이었지만 연운비는 조금도 개의치 않았다.

"제가 막겠습니다."

"혼자서는 힘들 것입니다."

백개명은 널려져 있는 병장기들 중 장창의 날을 제거해 봉과 흡사하게 만들었다.

금나수에도 일가견이 있었지만 아무래도 다수의 적을 상대하는 데에는 타구봉을 이용한 봉술이 나았다.

철컥! 철컥!

상선의 양측으로 갈라진 두 척의 쾌속선에서 갈고리가 던져지고 그것을 붙잡고 만해도 무인들이 배로 뛰어올랐다.

"크악!"

그러나 만해도 무인들은 기다리고 있던 연운비와 백개명에 의해 변변한 저항조차 하지 못하고 즉사했다.

연운비는 손속에 조금의 사정도 두지 않았다.

일검일살(一劍一殺).

검빛이 번뜩이면 한 명의 생명이 사라진다.

간혹 백개명의 봉을 피해 올라오는 자들 역시 연운비의 매서운 검기를 피하지 못했다.

"조심해라!"

"놈들 중에 고수가 있다."

한 차례 크게 당한 만해도 무인들은 더 이상 상선에 오르려 하지 않았다.

단지 교묘히 상선의 항로를 방해하며 속도를 내지 못하게 할 뿐이었다.

마침내 어느 순간 소형 전선들이 상선과 지척의 거리에 이르렀다. 중형 전선과는 어느 정도 거리가 있었지만 그 역시도 곧 따라잡힐 듯싶었다.

"멈추지 않으면 배를 침몰시켜 버리겠다."

소형 전선에서 우렁찬 목소리가 울려 퍼졌다.

'고수가 있다.'

연운비는 소형 전선의 선미에 있는 자를 바라보았다.

우렁찬 목소리와는 다르게 오 척도 되지 않는 체구가 작은 노인이었다. 그러나 멀리서도 알아볼 수 있을 만큼 그 눈빛은 형형하기 그지없었다.

"어쩌시겠습니까?"

"선주님, 배를 세워주십시오."

"아직은 괜찮네."

"세워주십시오. 어차피 강가까지 가기도 힘든 상황입니다."

아직 땅은 희미한 점으로조차 보이지 않았다.

막상 간다면 그리 멀지 않은 거리이기는 했지만 지금으로서는 머나먼 거리이기도 하였다.

"제가 저 전선으로 건너가겠습니다."

"무슨 소리십니까?"

백개명이 의아한 얼굴로 연운비를 바라보았다.

어쩔 수 없는 상황인지라 배를 세웠다고는 하지만 구태여 그럴 필요까지는 없었다.

배를 당파시킨다는 것은 위협에 불과했지 이렇듯 백여 명이 넘는 일반인이 타고 있는 배를 제아무리 만해도라 하여도 수장시킬 수는 없었다.

만해도는 일반 소규모 수적들하고는 달랐다.

숨으면 되는 소규모 수적들하고는 달리 수군의 감시망에서 벗어나기 쉽지 않다는 뜻이다.

물론 극단적인 상황이라면 어쩔 수 없겠지만 아직은 그런 방법을 쓸리 없었다.

"당분간은 이곳에서 버텨도 됩니다."

백개명은 고개를 저었다.

연운비가 수상비(水上飛)를 펼칠 수 있다면야 몰라도 그렇지 않고서저 중형 전선까지 건너갈 수 있을 리가 없었다.

백개명이 알기에 연운비의 경공은 그 정도 수준에까지 이르지 못했다.

"판자 두 개면 충분합니다."

"화살 세례가 먼저 날아올 것입니다."

백개명은 여전히 연운비의 의견에 회의적이었다.

분명 연운비 같은 고수가 전선에 올라가기만 한다면 그곳에 있는 만해도 무인들은 대적할 수 없다.

일반적으로 소형 전선에 승선할 수 있는 인원이래 보아야 삼십여 명 정도가 한계였고, 정예가 아닌 일반 무사 삼십으로 무경의 경지에 이른 무인을 상대하는 것은 가당치도 않은 소리였다.

그러나 백개명이 걱정하는 당파였다.

수전에서 적에게 배를 빼앗길 것 같으면 지휘관들은 지체없이 당파 명령을 내렸다.

적에게 배를 빼앗기느니 수장시켜 버리겠다는 뜻이다. 그렇게 되면 수공에 능한 연운비는 별수없이 물고기 밥이 되는 수밖에는 없었다.

그 순간이었다.

"누가 쫓기고 있는 것이오?"

멀리서부터 들려오는 커다란 외침.

우현에서 저 멀리 쾌속선 크기의 전선이 다가오고 있었다. 기이한 것은 일반 쾌속선과는 사뭇 다른 모습이라는 사실.

뱃머리는 높이 솟아 있었고 좌우에는 철로 만들어진 노가 끊임없이 움직이고 있었다.

놀랍게도 배는 어마어마한 속도로 다가오고 있었다. 지금껏 백개명이 보았던 어떤 배도 저러한 속도를 내지 못했다. 마치 내가고수가 장력으로 배를 밀어주고 있는 듯한 느낌이었다.

비합선(飛哈船).

그것은 수로맹에서 심혈을 기울여 만든 쾌속선의 일종으로 천하에 어떤 배도 그 속도를 따라올 수 없었다.

"수로맹인가?"

백개명의 마음속에 실낱같은 희망이 생겨났다.

비록 쾌속선 한 척에 불과했지만 그 속도를 감안한다면 살아날 방도가 생긴 것이다.

그러나 안타까운 것은 주위를 맴돌 뿐, 만해도 쾌속선들의 견제에 막혀 다가오지 못하고 있다는 사실이었다.

'방법을 찾아야 한다.'

백개명은 머리를 회전시켰다.

저 배에 승선할 수만 있다면 도망칠 수 있다는 생각이 머리 속에 감돌았다.

'우선 저 전선들만 어찌한다면……'

수로맹의 배가 다가오지 못하는 이유는 쾌속선보다는 두 척의 소형 전선 때문이었다.

"연 대협, 말씀하신 대로 저 전선으로 건너가십시오."

"알겠습니다."

종전과는 전혀 다른 말임에도 연운비는 고개를 끄덕인 후 지체없이 신형을 날렸다.

백개명이 그렇게 말했다면 필경 그만한 이유가 있다고 생각했기 때문이었다.

휘릭—

긴 도약과 함께 연운비의 신형이 길게 날아올랐다.

허공에서 백개명이 때맞추어 날린 판자를 밟은 연운비는 그렇게 두 번의 도약을 한 후에 소형 전선으로 날아오른 것이다.

"쏴라!"

그와 동시에 소형 전선에서 무수한 화살이 연운비를 향해 매섭게 쏘아졌다.

탕! 탕! 타타탕!

연운비는 검망밀밀의 초식으로 화살들을 막았다.

단순히 한 방위를 차단하는 데에는 천리무애의 초식보다는 검망밀밀의 초식이 효율성이 나았다.

연운비를 향해 쇄도하던 화살들이 힘없이 수면으로 떨어졌다. 그러나 그 반동으로 인해 연운비의 신형 역시 힘을 잃고 떨어져 내렸다.

"저런!"

상선 위에서 그 모습을 보고 있던 상인들이 안타까운 탄식을 흘렸다.

제아무리 고수라 하여도 물속에 빠진 상황에서는 힘을 쓸 수 없었다.

그러나 그 순간이었다.

모두가 연운비가 물속으로 빠진다고 생각하는 순간 놀랍게도 연운비의 신형이 수면을 가볍게 밟으며 재차 날아오른 것이다.

"아……."

그 모습을 본 백개명이 탄식을 터뜨렸다.

그들은 신화를 보고 있었다.

운룡대팔식.

그것은 백여 년 전 곤륜검선이 만해도와 빙궁을 상대하며 단신으로 일곱 혈로를 모두 뚫으면서 펼쳤다는 유연보(油然步)였다.

휘리릭—

마치 바람이 연운비의 몸을 감싸는 것 같았다.

그렇게 장강에서 불어온 바람은 연운비를 소형 전선까지 데려다 주었고, 그곳에서 신검은 빛을 발했다.

서걱—!

검향이 나부끼니 존재하는 모든 적을 벤다.

넋을 잃고 그 모습을 바라보고 있던 만해도 무인 네다섯이 변변한 저항조차 하지 못하고 그 자리에서 즉사했다.

"이놈!"

오 척 단신의 형형한 눈빛의 노인이 아미자를 휘두르며 연운비에게 쇄도했다.

연운비는 조금도 방심하지 않았다.

분명 노인에게서 느껴지는 기도는 자신에 비해 크게 미치지 못했지만 이곳은 다름 아닌 흔들리는 배 위였다.

어떤 변수가 있을지 몰랐고, 그 변수에 따라 상황이 급변될 수 있었다.

캉! 카캉!

"큭……."

형형한 눈빛의 노인은 아미자를 휘두르며 사력을 다해보지만 그로서는 역부족이었다.

"화상?"

"신, 신검이다!"

"곤륜의 신검이 틀림없다!"

화상을 입은 연운비의 얼굴을 본 만해도 무인들이 기겁을 하며 물러났다.

이미 연운비의 용모파기는 팔황 전체에 뿌려져 있었다.

마곡의 봉공, 유령문의 태상장로, 포달랍궁의 대라마. 누구 하나 고수가 아닌 이가 없었고 그런 이들이 모두 신검에게 무너졌다. 오왕과 함께 제일 척살대상에 오른 이가 바로 연운비였다.

"이, 이런……."

형형한 눈빛의 노인은 급히 주위를 둘러보았다.

저 멀리서 수로맹의 쾌속선으로 보이는 배가 이쪽으로 다가오고 있는 것이 보였다.

그 뒤를 두 척의 쾌속선이 따라붙고 있었지만 차이는 좁혀지지 않고 있었다.

"당파하라!"

형형한 눈빛의 노인이 명령을 내렸다.

수상비를 펼쳤다 하지만 신검에 대한 평가 중 분명 신법에 능하다는 것은 없었다.

한두 번 수면을 박찰 수 있을지는 모르겠지만 그 이상은 불가능할 터였다.

쾌쾅—!

폭음성과 함께 소형 전선이 반 토막으로 갈라졌다.

쾌속정이 아닌 다음에야 전선에는 모두 배의 중심부에 일정량의 폭약이 설치되어 있었고, 비록 작은 양이었지만 배의 중추 기관을 부수는 데에는 지장이 없었다.

이래서 정보가 중요하다는 것이다.

만약 노인이 연운비가 누구인지 몰랐다면 신법에 능해 수상비를 연이어 펼칠 수 있을지도 모른다는 생각을 할 수도 있었고 그런 상황이었다면 구태여 무리해서 당파하지 않았으리라.

"후읍."

노인의 판단은 정확했다.

한 차례 상선으로 몸을 솟구친 연운비는 얼마 가지 못하고 그대로 물에 빠졌다.

연운비는 급히 호흡을 멈추었다.

헤엄을 치지 못하는 것은 아니었지만 수공에는 문외한이었다. 물속에서 어떻게 검을 휘두르는지도 알지 못했고, 물의 압력에 대해서도 알지 못했다.

그런 연운비를 향해 소형 전선에 타고 있던 만해도 무인들이 살수를 뻗쳐 왔다.

"연 대협!"

저 멀리서 백개명이 외치는 소리가 들려왔다. 그 역시도 상황이 좋지 않은지 목소리 끝이 갈라져 있었다.

'검에 마음을 담아……'

언제나 한결같은 마음.

제약은 존재하지 않는다. 연운비는 자신을 믿었고, 자신의 검을 믿었다.

만월파(滿月波)!

장중한 만월의 달빛은 물속조차 환히 비추니 회오리 같은 물결이 일어나 만해도 무인들을 강타했다.

"큭!"

그러나 연운비도 무사한 것만은 아니었다.

언제 당했는지 모르겠지만 오른쪽 다리를 무엇인가 관통하고 지나간 듯 자욱히 피가 번져 나오고 있었다.

그제야 연운비는 괴상한 병기를 겨누고 있는 형형한 눈빛의 노인을 볼 수 있었다.

그것은 만해도가 만들어낸 기병기 투풍표(透風鏢)였다.

물살의 영향을 거의 받지 않는 투풍표는 제아무리 고수라 할지라도 수공에 능하지 않다면 피하기 힘든 그런 암기였다.

무한해전 당시 적지 않은 수로맹 무인들이 이 투풍표에 당해 목숨을 잃었다.

연운비는 다리를 바라보았다.

그렇게까지 두꺼운 암기는 아니었지만 끝이 갈라져 있어 출혈이 제법 있었다.

슈아아악—!

다시 노인이 한 발의 투풍표를 발사했고 연운비는 급히 검을 휘둘러 그것을 막았다.

찌릿!

손이 저려올 정도의 반탄력이 느껴졌다.

보고 있었기에 망정이지 등 뒤나 시선이 닿지 않는 곳에서 발사했다면 막기 힘들었을 것이다.

"어서 타시오!"

그 순간 연운비의 귓가에 희미한 소리가 들려왔다.

연운비는 그것이 수로맹의 쾌속선으로 짐작되는 곳에서 들려왔다는 것을 알 수 있었다.

급히 장력을 휘둘러 그 반동을 이용한 연운비는 물 위로 몸을 솟구쳤다.

"이것을 밟으시오."

기다렸다는 듯이 쾌속선에서는 판자가 날아왔고, 허공에서 그것을 밟은 연운비는 신형을 길게 솟구쳐 그대로 쾌속선에 안착했다.

"백 분타주님!"

연운비는 큰 소리로 외쳤다.

수로맹 무인들은 연운비의 상태가 더 위험하다고 판단했는지 백개 명부터 태우지는 않았다.

"저리로 가주십시오."

"알겠소."

연운비의 무위를 믿었던 것일까?

날렵한 체구의 사내는 수하들에게 손짓을 하여 배를 상선으로 몰았다.

우우웅—

전면에서 두 척의 쾌속선이 다가오자 연운비는 전신 내력을 집중했다.

검에서는 세 치에 달하는 검기가 솟구쳤다. 그것은 마치 검강과도 흡사한 모습이었다.

"배, 배를 돌려라."

"물러나라!"

두 척의 쾌속선은 급히 방향을 틀었다.

일반적으로 쾌속선에는 이렇다 할 무기가 장착되어 있지 않았다. 본시 정찰이나 소수의 정예 무인들을 태우고 다니는 것이 전부였고, 싸움이 일어났을 때에도 직접적인 교전이 전부였다.

저 정도의 고수가 타고 있는 배에 달려드는 것은 이란격석의 행동이나 다름이 없었다.

"어서 뛰어내리시오!"

풍덩!

날렵한 체구의 사내의 말이 끝나기도 전에 백개명이 물속으로 뛰어들었다.

백개명은 곧장 헤엄쳐 배에 올라탔다.

"어서 가자!"

날렵한 체구의 사내가 다급히 외쳤다.

저 뒤에서 중형 전선이 다가오고 있는 것이 보였다. 중형 전선 정도 되면 웬만해서는 화포를 장착하고 있기 마련이다. 제아무리 난다 긴다 하는 고수라 할지라도 화포 앞에서는 방법이 없었다.

"어서!"

"예!"

수로맹 무인들이라 짐작되는 호걸들은 급히 배의 방향을 틀어 속도를 올렸다.

"이, 이런. 급선회하라!"

그러나 그 순간 남은 소형 전선 한 척이 앞을 가로막았고 배는 다시 방향을 틀어야 했다.

쾌속선과는 달리 소형 전선 같은 경우는 배 선미가 날카로워 부딪친 다면 이런 쾌속선 류의 배는 그대로 반파되기 십상이었다. 더욱이 비합선은 다른 배와 재질이 달라 한 번의 충돌로도 가라앉을 수 있었다.

"젠장."

쾌쾅—!

그 순간 포문이 열리며 불을 뿜었다. 포탄의 사정거리에 들어온 것이다.

물기둥이 솟구치며 배가 크게 휘청거렸다.

수군의 화포에 비할 바는 아니었지만 그래도 무시하지 못할 위력이었다.

"꽉 잡으시오. 뭣들 하느냐, 속도를 올려라!"

콰쾅—!

포문에서는 계속 불길이 일었다.

"빨리, 더 빨리!"

날렵한 체구의 사내는 수하들을 재촉했다.

그와 동시에 우레와 같은 소리가 울려 퍼지며 포탄이 정확히 비합선의 후미를 노리고 날아들었다.

"맙소사……."

일반인이라면 모르겠지만 이들은 무림인. 포탄의 속도가 빠르다고 하지만 그것을 보지 못할 정도는 아니었다. 실제로 포탄보다 몇 배는 더 빠른 암기도 상당수 존재했다.

"배를 버린다."

날렵한 체구의 사내는 다급히 외치며 물속으로 뛰어들 준비를 했다.

저 포탄에 직격당한다면 제아무리 고수라 할지라도 살아남을 수 없었다.

물론 지금 상황에서 물로 뛰어든다 하여도 살아남기 힘든 것은 사실이었지만 그래도 개죽음을 당하는 것보단 나았다.

그 순간 누구도 예상하지 못하는 일이 일어났다.

"연 대협! 아니 됩니다!"

"무, 무슨……."

모두가 물로 뛰어들려 하는 순간 연운비가 검기를 휘두르며 그대로 포탄에 부딪쳐 간 것이다.

콰르르릉—!

실로 엄청난 폭음성.

매캐한 작약 냄새와 함께 뿌연 먼지가 일었다. 배는 그 충격의 여파

로 인해 크게 흔들렸고, 배에 타고 있던 모두가 제대로 신형을 가누지
못했다.

"이, 이럴 수가……."

먼지가 걷히고 모두가 경악을 금치 못했다.

그 폭발 속에서도 연운비가 두 다리로 굳건히 제자리를 버티고 있는
것이었다.

아무리 고수라 하지만 조그마한 화탄도 아니고 포탄을 막는다는 것
은 불가능에 가까운 일이다.

그러나 연운비는 그 일을 해내었다.

그것은 막을 수 있다는 신념이 있기에 가능한 일이었다.

일운극뢰(一雲極雷)!

포탄을 보며 연운비가 생각한 것은 탄자결을 사용한 초식이 아니라
그에 대응하는 초식이었다.

그리고 그것은 위기 속에서 이루어낸 상청무상검도의 후초식 중 하
나였고, 진실된 위력이 깃들어 있는 초식이기도 하였다.

"쿨럭."

연운비의 입에서 검붉은 선혈이 흘러나왔다.

그러나 굳게 버티고 있는 두 다리는 조금의 흔들림도 없었다.

쇠는 두드릴수록 단단해진다 하였던가?

수없이 많은 부상. 그 부상 속에서 연운비는 끝없이 강해지고 있던
것이다.

"불을 끄고 어서 배를 출발시켜라!"

폭발의 여파로 인해 여기저기 불똥이 튀었고 그것이 번져갔다. 수로
맹 무인들을 불길을 잡으며 급히 배를 몰았다.

쇄악쇄악—

배는 빠르게 앞으로 나아갔다.

다시 몇 차례 포탄이 날아왔지만 사정거리가 점차 멀어지자 추격을 중지하고 포문을 닫았다. 도저히 따라올 수 없다는 것을 인지한 것이다.

"휴우……."

위기가 가시자 배에 타고 있던 사람들이 누가 먼저랄 것도 없이 일제히 한숨을 내쉬었다.

"대단한 무공이구려. 어느 문파 소속이오?"

날렵한 체구의 사내는 감탄을 금치 못하며 연운비를 바라보았다.

아무리 보아도 이립을 넘지 않은 나이. 그런 나이에 이런 무위를 지닐 수 있다는 것이 놀랍기 그지없었다.

"곤륜의 연운비라 합니다."

"신검!"

사내의 입에서 짧은 탄성이 터져 나왔다.

'수로맹이 사방으로 막혀 있다더니 그것이 거짓이 아니로구나.'

그 모습을 본 백개명의 표정이 어둡게 변했다.

이미 신검의 용모가 화상으로 크게 훼손되었다는 것을 모르는 이는 없었다.

그런 상황에서 연운비의 무공과 얼굴을 보고도 알아차리지 못한다면 그것은 그런 사실 자체를 모르고 있다고 해야 하는 편이 옳았다.

"나는 수로맹 소속 제사전선 수라의 부조타수 장위타라 하오. 이쪽 분은……?"

날렵한 체구의 사내는 놀랍게도 부조타수라는 상당한 지위에 있었다.

조타수가 배를 모는 데 능숙해야 한다면 부조타수는 무공 또한 뛰어나야 했다.

그것은 제사전선 수라에 승선해 있는 이중 장위타보다 무공이 뛰어난 이가 몇 되지 않는다는 것을 뜻했다.

"개방의 백개명이라 하외다."

"반갑소."

장위타는 인사를 나누며 계속해서 연운비를 바라보았다.

"그나저나 대체 이 배는 무엇이오? 대단하구려."

백개명은 물살을 헤치며 나아가는 배를 보고 감탄성을 금치 못했다.

영보 분타를 맡기 전까지만 해도 호북 형주 분타를 맡고 있던 백개명이었다.

무수히 많은 배들을 보아왔지만 그 어떤 쾌속선도 이보다 빠르지 못했다.

"비합선이라 하오."

장위타가 대답하기를 조금은 꺼려 하는 모습을 보였지만 결국 대답을 해주었다.

"비합선이라……."

백개명은 비합선을 유심히 관찰했다.

배의 양쪽 날개라 할 수 있는 곳이 일반 쾌속선과 조금 다른 재질로 되어 있었다.

"어디로 가는 길이었소?"

장위타가 자신을 소개한 사내가 말했다.

"수로맹으로 가는 길이었소."

"총단으로 가고 있었다는 뜻이오?

"그렇소"

"하하!"

장위타가 기가 차다는 표정으로 고개를 젖히고 대소를 터뜨렸다.

"저런 상선을 타고 말이오?"

"무협까지만 가면 수로맹 전선 한 척 보지 못하겠소?"

"하긴, 그것도 틀린 말은 아니구려."

장위타가 고개를 끄덕였다.

무협부터는 아직 만해도의 힘이 미치지 못하는 지역이었다. 그곳까지만 무사히 이목을 속이고 온다면 어떻게 해서든 수로맹과 접선을 할수는 있었다.

"잘 되었소. 총단으로 가신다니 함께 가도록 합시다. 한데 무슨 전서라도 가져오신 것이오?"

"아니외다."

"하면……."

"지원군이요."

"겨우 두 명서 말이오?"

장위타가 눈살을 찌푸리며 물었다.

제아무리 신검의 무위가 대단하다 하지만 수전은 개인의 힘으로 대세를 바꿀 수 있는 것이 아니다.

"한데 이 비합선은 이곳까지 어째서 나온 것이오?"

"그것까지는 말해줄 수 없소."

"그렇구려."

백개명도 더 이상 캐묻지는 않았다.

장위타의 표정에서 자신들을 완전히 믿고 있지 않는다는 사실을 알아챈 것이다.

"일단 총단으로 가십시다. 하면 우리의 신분이 밝혀질 것이오."

"알겠소. 자, 어서 가자. 목적지는 총단이다."

장위타의 말이 끝나기가 무섭게 조금 그 속력을 줄였던 비합선은 쾌속으로 질주를 시작했다.

"괜찮으십니까?"

"비켜라."

수하들의 부축을 받으며 간신히 중형 전선에 오른 형형한 눈빛의 노인은 신경질적으로 소리쳤다.

"큭, 이런 수모를 당하다니."

구대호법 중 일인인 철담수 와운명과 막역지우이자 그 무위가 구대호법과 버금간다는 그로서는 분통이 터지는 일이 아닐 수 없었다.

"다친 곳은 없으십니까?"

"내가 그런 애송이 따위에게 당할 것 같으냐?"

"저, 저는……."

"개소리는 집어치우고 놈들은 어디로 갔느냐?"

"수로맹 총단이 있는 방향으로 갔습니다."

수하들 중 눈치 빠른 하나가 대답했다.

"총단이라……."

수혼혈마(搜魂血魔) 위극.

이것이 바로 노인을 가리키는 말이었다.

위극이 구대호법에 들 수 있는 실력을 가지고 있음에도 들지 못한 것은 그 손속이 너무 잔인해서였다.

"그 쾌속선이 이번에 수로맹에서 비장의 무기라고 내놓은 것이냐?"

"아마도 그런 것 같습니다."

"흥, 할 일도 없는가보군. 전투 전선도 아닌 그딴 쾌속선이나 만들고 있었다니."

"그래도 그 속도만큼은 무시하지 못할 정도였습니다."

"신경 쓸 필요 없다. 그런 하찮은 쾌속선 따위야 가까이 오기도 전에 모두 수장시켜 버리면 그만이니까."

위극이 코웃음을 쳤다.

소규모 전투라면 몰라도 대규모 전투에서 그런 쾌속선이 가지는 이점은 분명 그 한계가 있었다.

"지금 그쪽은 누가 정찰을 책임지고 있느냐?"

"적웅 편대주님이 순찰을 돌고 계시는 것으로 알고 있습니다."

"적웅에게 알려라, 신검이 수로맹으로 향하고 있다고. 어떻게 해서든 도착하기 전에 잡아야 한다."

"존명!"

중형 전선에서 한 발의 폭죽과 함께 전서구가 날아올랐다.

대낮임에도 폭죽은 멀리서도 볼 수 있을 만큼 붉은빛을 띠고 있었고 전서구에 매달린 종이 역시도 붉게 물들어 있었다.

『검선지로』 6권에 계속…